Cinq Exemplaires de cet Ouvrage ont été déposés au Secrétariat de la Préfecture des Deux-Sèvres, conformément à l'art. 48 du décret impérial du 5 février 1810.

cet ouvrage est detestable

Indocti discant

(Horace)

A. B.

LA VÉRITÉ,

POËME EN QUATRE CHANTS,

PAR

UN HABITANT DE LA CAMPAGNE.

EN RÉPONSE

A celui intitulé : *le Mérite des Femmes*, par M. LEGOUVÉ, membre de l'Institut.

A NIORT,

CHEZ E. DEPIERRIS, AINÉ, IMPRIMEUR DE LA PRÉFECTURE.

PRÉFACE.

J'ESPÈRE que le public ne cherchera pas à connaître l'auteur de ce Poëme; il le prévient qu'il n'est, pour ainsi dire, que l'instrument ou l'organe d'une puissance invisible qu'il ne peut lui-même définir, et qui a contraint à devenir poëte, un homme qui, à trente ans, ne s'était jamais imaginé qu'il pût devenir auteur. Il a sans doute mal rendu les idées de la puissance qui l'a inspiré; c'est ce qui fait qu'il réclame l'indulgence des lecteurs en faveur de l'élocution qui lui appartient: et, quoiqu'il connaisse ce juste précepte d'*Horace*:

> Mediocribus esse poetis
> Non homines, non dì, non concessêre columnæ;

il s'attend néanmoins à ce que la moralité des pensées et des sentimens dont il est l'interprète, lui méritera cette indulgence.

Sans doute que dans un autre temps il pourra rendre compte des moyens extraordinaires dont s'est servi, ne sait quel génie, pour forcer à devenir poëte et auteur, un homme qui n'avait jamais pensé à faire des vers ni à écrire en prose. Il prie en outre le lecteur de vouloir bien lui pardonner d'avoir transgressé quelques-uns des préceptes adoptés dans la versification française : il est vrai que quelques autres préceptes encore plus importans, tant dans la versification que dans la grammaire, lui ont paru, ou inutiles, c'est-à-dire capables seulement d'entraver le génie poétique, ou contraires à la véritable application du langage et de l'harmonie ; cependant comme un commençant ne doit jamais trop s'abandonner à ses premières impressions, et qu'il lui sierait mal de s'ériger en réformateur; sachant d'autant plus combien l'*opinion*, ce juge le plus souvent aussi implacable qu'injuste, défend avec acharnement les usages qu'elle a adoptés, il s'est contenté d'éluder, le plus qu'il a pu, l'occasion d'en faire l'application; il s'y est même conformé lorsque ses idées n'ont pu se rendre avantageusement d'une manière différente. Il espérait donner cette production conjointement avec un ouvrage en prose, à la suite duquel il pourra traiter de la fausse application de ces mêmes règles; mais le temps, les circonstances, les difficultés lui ont empêché et paraissent devoir lui empêcher de pouvoir le terminer de long-temps; c'est ce qui fait qu'il s'est décidé à donner celui-ci isolément au public, espérant qu'il pourra être de quelque utilité pour les bonnes mœurs : s'il en est ainsi, le but le plus cher à l'auteur sera atteint.

Quant aux règles de la versification, qu'il a transgressées, il s'y est cru autorisé en ce que quelques-uns de nos grands maîtres se sont permis les mêmes transgressions. Ces transgressions consistent principalement dans une insuffisance de rime, dans le mélange des vers lorsque deux vers masculins ou féminins ont la même rime que deux vers de même sexe, séparés seulement par deux autres vers, et enfin dans la rime des simples avec leurs composés.

Les insuffisances de rime consistent dans les mots qui se terminent en *ant* ou en *ent*, en *en*, en *on*, en *i* et en *é* seuls, dont ces dernières syllabes ne sont pas précédées des mêmes voyelles ou des mêmes consonnes. Je ne déduirai point ici de raison sur ce qui doit autoriser ces rimes, ainsi que le mélange des vers qui ont la même rime, séparés seulement de deux autres vers, non plus que sur la rime des simples avec leurs composés;

je me contenterai de citer des vers de Mrs. *Dellile* et *Racine* où ils se sont permis ces mêmes rimes et ces mêmes mélanges, me réservant de traiter cette matière au long dans un autre temps; convenant seulement que les rimes en *i* ou en *é* seuls, ne doivent être employées que très-rarement, et quand on ne peut pas rendre autrement une pensée essentielle.

Vers de M. Delille *dans son Poëme de l'*Imagination, *et dans les trois derniers livres de la traduction de l'*Enéide.

IMAGINATION.

Sans masque, sans costume et sans illusion,
D'un style simple et vrai fait parler la raison...
Fuit le tourment affreux de haïr ses amis,
Et dans les méchans seuls veut voir ses ennemis...
Que tu vins me chercher dans mon humble fortune,
Que tu formas mon goût, aidas mon infortune...

C'est d'un indigne exil flétrir les morts fameux,
Ah! laissez, reléguez dans leurs caveaux pompeux...

ÉNÉIDE.

De Sulmon et d'Ufens huit malheureux enfans
Par ses terribles mains sont saisis tout vivans...
Il s'oppose au projet des Troyens triomphans.
Aussitôt contre lui les généreux Toscans...
Des guerriers d'Italie exemple glorieux,
Venez donc partager ces honneurs dangereux...
Il tient en main deux dards; l'un des deux est parti;
Le héros menacé le voit fondre sur lui...
Pousse son fier coursier. Le monarque tremblant,
Pressé contre un autel le heurte en reculant;
Et du coup qu'il reçoit et du choc qui l'arrête,
Tombe sur le bandeau qui couronne sa tête.
L'ardent Messape accourt; et du roi suppliant,
Du haut de son coursier il a percé le flanc...

Vers de Racine, *dans* Phèdre.

Depuis que sur ces bords les Dieux ont envoyé
La fille de Minos et de Pasiphaé...

Quel coup me l'a ravi ? quelle foudre soudaine ?
A peine nous sortions des portes de Trezenne,
Il était sur son char ; ses gardes affligés
Imitaient son silence, autour de lui rangés ;
Il suivait tout pensif le chemin de Mycènes ;
Sa main sur ses chevaux laissait flotter les rênes...
L'onde approche et se brise et vomit à nos yeux,
Parmi des flots d'écume un monstre furieux.
Son front large est armé de cornes menaçantes ;
Tout son corps et couvert d'écailles jaunissantes.
Indomptable taureau, dragon impétueux,
Sa croupe se recourbe en replis tortueux...

Je trouverais une infinité d'autres exemples dans ces mêmes auteurs et dans d'autres ; mais je crois que ceux-ci, pris dans la Phèdre de *Racine* et dans les œuvres de M. *Delille*, doivent me servir d'égide jusqu'à ce que je puisse me présenter armé de mon propre bouclier.

J'avais promis de me conformer entièrement aux usages établis, mais je n'ai pu m'empêcher de mettre un accent circonflexe sur l'*a* du mot *âme*, parce que ce mot se trouvant répété dans cet ouvrage, précédé de l'article *la* avec apostrophe, ce qui ferait *l'ame*, je n'ai pu concevoir comment il est possible de distinguer dans la prononciation ce mot joint à l'article *la* avec apostrophe, d'avec le mot *lame*, si on ne met un accent circonflexe sur l'*a* du mot *âme*.

J'avais aussi voulu faire disparaître de cet ouvrage le mot *soient* qui se trouvait en plusieurs endroits, pour me conformer à la règle établie par l'usage, qui veut que les mots ainsi terminés ne puissent être placés, ni au commencement ni au milieu d'un vers; mais n'ayant pu le remplacer avantageusement partout, je me suis décidé à le laisser en quelques endroits. Je ne dirai pas que c'est parce que j'ai cru que les règles de la versification d'une langue devaient changer lorsque les mots de cette même langue changeaient de manière d'être prononcés, puisque j'ai déjà dit que je ne ferai point d'observations, me réservant de les faire en grand dans un autre tems ; ce qui seul m'a autorisé à me permettre cette licence, c'est que j'ai vu Despréaux, législateur du parnasse français, se l'être permise dans ces vers de son code de législation, au troisième chant :

Soient aux bords affricains d'un orage emportés...
Que ses faits surprenans soient dignes d'être ouïs...
Soient pleins de passions, finement maniées...

LA VÉRITÉ.

CHANT PREMIER.

LA VÉRITÉ.

CHANT PREMIER.

> La noble indépendance est l'âme des talens.
>
> CHARLES MILLEVOYE.

De l'aigre Juvénal, du piquant Despréaux ;
Je ne serai jamais du nombre des rivaux,
Et mon cœur pour toujours ennemi de toute ire,
N'excitera jamais ma muse à la satire ;
Loin de moi cependant le poison des flateurs !
Et loin de mes écrits les sons adulateurs !
O belle Vérité ! toi seule je t'encense !
Mais dans ce siècle, hélas! quelle est ta récompense !

Heureux le sage ici qui de l'illusion
Boit le poison subtil sans nulle attention !
Malheureux s'il te cherche et te voit toute nuë ;
Félicité du cœur, pour lui tu t'es perdue !
Il ne reverra plus tes traits voluptueux :
Il faut donc être aveugle, hélas! pour être heureux :
Et du premier faux jour, suivant toujours les charmes,
Aux attraits les plus près rendre toujours les armes,
Oublier les premiers pour, d'une avide main
Saisir l'ombre qui s'offre à notre œil incertain.
O chantre bien heureux du mérite des femmes !
Ne puis-je offrir aussi de l'encens à ces dames ?
Hélas ! je le voudrais, mon cœur en cet espoir,
Avait déjà cherché l'encens et l'encensoir ;
Mais ce n'est pas au sexe, hélas ! qu'il faut s'en prendre,
Si trop de vérité funeste est à comprendre ;
Masculin, féminin, ici tous corrompus,
Pour cacher l'imposture étalent les vertus :
Au petit nombre encor j'admets cette décence,
Car la décence aussi touche à sa décadence.
Celui qui du cahos, sut, d'un regard distrait,
Extraire l'univers de l'élément distrait,

Jugez par cette page où fourmillent les platitudes de la force de l'auteur modeste

Pour l'homme son délice et son plus bel ouvrage,
Sans doute sut former le plus cher avantage,
Lui créant aussitôt, pour réjouir ses ans,
Un être dont le corps fut paré d'agrémens;
L'Amour naît dans son sein, électrise son âme;
Anime tous ses sens, ah! c'est bien là la femme.
Loin de lui disputer l'empire sur ce point,
Je déclare la guerre à qui ne s'y rend point.
Que n'existais-je aux temps où l'état d'innocence!...
Que j'aurais combattu pour servir sa puissance!
Mais hélas! il n'est plus ce siècle fortuné;
Tout ici se corrompt presque avant d'être né:
Et d'un lait corrompu qu'on suce à la mamelle;
Le sang reçoit encore une empreinte éternelle;
Et d'un sang corrompu porté dans les cerveaux..;
Que peut-on espérer des esprits animaux?
Mais, je vois, je m'emporte en me servant d'un trope
Qui me ferait passer pour un vrai misantrope,
Car, si tout n'est que vice à mes sévères yeux,
J'entends partout crier: ah! c'est un orgueilleux.
Je me suis dit plus haut ennemi de toute ire,
Et me voilà déjà tombé dans la satire.

Je reconnais mon tort : le naturel puissant
Peut-il donc nous former vicieux en naissant ?
Il me souvient encor de ces heures si chères
Où je croyais les cœurs généreux et sincères ;
Ah ! qu'il en coûte au mien pour avoir écarté
Le voile qui couvrait l'affreuse Vérité !
Ne puis-je encor chanter les vertus de Sophie ?
Je le vois, je le sens, ah ! j'en perdrai la vie !
Aussi, si quelquefois s'égare ma raison,
J'en demande au lecteur un généreux pardon.
Qui pourrait le nier ? les femmes par leurs charmes
Aux plus grands des mortels font mettre bas les armes ;
Un souris de Vénus désarme Jupiter,
Et le foudre se tait prêt à gronder en l'air ;
Sa ceinture magique en tous lieux triomphante ;
Ou détruit les vertus, ou soudain les enfante :
Ainsi pourquoi vanter l'attrait de la beauté ?
De son usage seul chantons l'utilité.
Circé, jadis, Circé fut une enchanteresse,
Et fit par la beauté triompher son adresse;
De sa baguette, en vain, cercle mystérieux
S'arrondit autour d'elle et frappe Ulysse aux yeux;

Sa

Sa magique liqueur encor plus dangereuse,
De ses chers compagnons la troupe précieuse,
Fait en un seul instant un de ces vils troupeaux
Que l'on voit dans la fange et qu'on nomme pourceaux.
Mais Minerve attentive au seul destin d'Ulysse,
Par de telles noirceurs ne veut pas qu'il périsse.
Que fera donc Circé ? pour elle plus d'espoir,
Si la Beauté sitôt ne sauve son pouvoir.
C'est alors que Vénus lui vient prêter ses charmes,
Minerve au même instant voit fracasser ses armes;
Ulysse, trop séduit aux traits de la Beauté,
Se plait à la magie et fuit la Vérité.
Femmes qui triomphez par ce vain art de plaire,
Qui voyez à vos pieds tout l'univers se taire,
Craignez hélas ! craignez un funeste retour !
Le mépris suit de près un impudique Amour;
Cet empire si grand dès son heure première
Voit déjà s'envoler vos autels en poussière.
En vain de l'innocence, en vain de la candeur
Votre hypocrite front se pare avec chaleur,
Votre âme malgré vous dévoile sa bassesse;
L'œil se rouvre à l'instant, ah! quelle est sa tristesse !

Minerve pour le coup au-dessus de Vénus ;
A repris son empire et le vôtre n'est plus :
Eh ! non certe il n'est plus ! Déjà je vois Ulysse,
Malgré l'art de Circé, qu'en vain elle frémisse,
Qui sait dompter le charme et fuir la fausseté,
Pour courir en Ithaque après la Vérité.
Cessons donc de vanter ce pouvoir chez la femme :
Que sont les traits du corps auprès d'une belle âme ?
Enfin, enfin le beau n'est qu'un vernis trompeur
Qui cache fort souvent une affreuse noirceur :
Le vrai seul plaît toujours, la vertu seule est belle,
Son charme est éternel, sa gloire est immortelle.
Ce n'est pas que pourtant, ennemi des beautés,
Je veuille leur ravir le droit des qualités ;
Ce n'est pas que, jaloux du fruit de leur victoire,
Je chante la Laideur et lui donne la gloire ;
La Beauté sur nos cœurs a les droits les plus doux ;
Elle sait adoucir les plus affreux courroux,
Appaiser les transports des âmes furieuses ;
Mais sans vertus, je dis, ses amorces trompeuses
Ressemblent à Circé, qui sous les plus beaux traits,
Méditait en secret mille horribles forfaits.

Ainsi, beau sexe, hélas ! si vous voulez m'en croire,
Renoncez aux attraits d'une sordide gloire :
A trop de vanité préférez le bonheur ,
Et pour régner toujours, régnez sur un seul cœur.
La beauté n'est qu'un songe et s'envole aussi vîte ,
Et de l'âme et du cœur préférez le mérite ;
Vous régnerez toujours, même après votre mort.
Votre gloire à jamais bravera votre sort.
« Je le veux , direz-vous , mais amante fidelle ,
» Où trouver un amant de qui l'ardeur soit telle ? »
Il est rare en effet , pourquoi dissimuler ?
Mais vous l'avez voulu , je ne puis le céler :
C'est vous qui commandez, connaissez votre empire ;
Dans ces heureux climats (on se plaît à le dire)
Tout est à vos genoux , tout marche sous vos lois ;
Hélas ! pour les vertus élevez donc la voix.
Faites plus, précédez et commandez d'exemple ;
Déjà de toute part je vois remplir leur temple :
L'hypocrite, je sais, y tient beaucoup de rangs ;
Courage, poursuivez, tout tombe avec le temps :
Ecoutez ses discours, regardez son visage ,
La flatterie encor vous y peint son image ;

Si d'un ton amoureux il parle éloquemment ;
Vous direz à coup sûr ce n'est pas un amant.
Celui dont le cœur sent, parle avec peu d'aisance;
Souvent sa bouche s'ouvre et garde le silence;
L'embarras du maintien, ses mots embarrassés ;
Sont un garant certain que ses sens sont pressés,
Que son cœur est ému, que son âme est brûlante,
Et digne du beau feu d'une fidèle amante.
D'hypocrisie encor vous peint-il le soupçon ?
Voyez en évitant le funeste hameçon,
S'il hasarde trop tôt sans frissonner de crainte ;
L'aveu de ces beaux feux dont son âme est atteinte ;
Prodiguant les sermens s'il tombe à vos genoux,
Et cherche à triompher par des moyens plus doux;
Si l'amour le conduit, c'est l'amour sans estime,
C'est ce fatal amour qui nous plonge en l'abîme,
C'est ce fatal amour, auteur de tant de maux,
Qui détruisit chez nous tous principes moraux.
Fuyez d'un tel amant les douceurs empestées,
Si non dans mille erreurs bientôt précipitées,
Très en vain vous voudrez retourner sur vos pas;
Sitôt le premier fait on ne retourne pas.

Allez encor plus loin, jetez sur sa conduite
Un regard attentif que rien ne précipite.
L'homme vit en public, suivez ses actions,
Ses mœurs du temps passé, ses inclinations ;
En vain pour abuser votre cœur qui s'égare,
Vous allez m'alléguer cet exemple si rare :
« Que tel qui sut long-temps cultiver les vertus
» S'engage dans le vice et ne les connaît plus ;
» Que tel qui s'égara dans sa folle jeunesse,
» En adonnant ses sens au crime, à la molesse ;
» Sut un jour, abdiquant tous ses goûts vicieux,
» Devenir tout à coup et sage et vertueux. »
En vain vous m'alléguez cet exemple sur mille ;
D'un cœur déjà surpris, argument inutile ;
Le serment d'un joueur, buveur ou libertin
Est toujours mille fois, mille fois incertain,
Et qui peut tant de fois s'abandonner au crime,
Rarement peut sortir du criminel abîme.
Mais n'allez pas non plus, esprit trop soupçonneux,
Craindre de voir faillir un homme vertueux ;
Et sachez pardonner même une étourderie,
Triste fruit qu'enfanta l'horrible compagnie.

N'écoutez pas non plus la foule des parleurs ;
Des conseillers toujours appréciez les mœurs :
Plus l'homme a de vertus, d'honneur et de mérite,
Plus contre lui l'envie et s'emporte et s'agite.
Enfin, beau sexe, enfin si l'homme vertueux
Reçoit de vous le prix, par vous se voit heureux ;
Si la seule vertu par vous est couronnée,
Nous verrons peu de temps la France profanée ;
Ces hommes à la mode, esclaves du bon ton,
Seront bientôt réduits à marcher à tâton ;
Et sottement parés du superfin du vice,
Frémiront de dépit, de rage et de malice.
On vante encore en vous le charme des talents :
Des doux sons de la voix à ceux des instruments,
Vos grâces mariant la touchante harmonie,
Font triompher partout la tendre symphonie ;
Vous transportez nos cœurs et nos sens jusqu'aux cieux,
On se croit élevé jusqu'au séjour des Dieux ;
Les Sirennes, hélas ! par de tels artifices
Signalant autrefois leurs affreuses malices,
Attiraient sur leurs bords les crédules passants ;
Malheur à qui sentait l'extase de leurs chants !

Bientôt leurs os en tas sur les bords de Caprée,
Allaient encor blanchir l'île pestiférée.
Hélas ! que d'os en tas se verraient à Paris,
Si toujours séparés des cadavres pouris,
Ils offraient à nos yeux les exploits des Sirennes,
Plus qu'autrefois encor viles magiciennes !
Et la France, en un mot, toute couverte d'os,
Verrait en frissonnant leurs horribles monceaux.
Les Muses, autrefois, vainquirent ces cruelles,
Leur ravirent pour prix les plumes de leurs ailes;
O Muse, dans ce jour qui protéges mes chans,
Anime ma valeur, anime mes accens !
Que cette peste humaine, éternisant ta gloire,
Se voie encor contrainte à céder la victoire !
Et qu'encore une fois leur orgueil abattu,
Laisse encore une fois respirer la vertu !
Orphée, à mon secours : ah ! prête-moi ta lyre;
Embrâse-moi des feux de l'ardeur qu'elle inspire;
Que ses nobles accens, interprêtes des Dieux,
A ces monstres encore enfin silencieux,
Fassent chercher les mers, encor digne retraite,
Pour laver leurs horreurs et cacher leur défaite !

« Mais, hélas ! direz-vous, de l'abus du talent
» Faut il enfin conclure à proscrire le chant ?
» Faut-il donc renoncer à la tendre harmonie ?
» Faut-il pour être sage être son ennemie ?
» Faut-il, triste toujours, être toujours en pleurs
» Pour sentir de l'amour les fidèles ardeurs ?
» Et notre sexe enfin, à la noble sagesse,
» Ne peut-il réunir des accens d'allégresse ? »
Des sons harmonieux, femmes ne croyez pas
Que je veuille priver vos innocens appas !
J'entends le Rossignol ; sa voix sublime et tendre
Est le plus beau concert qu'il me plaise d'entendre ;
Il roule les accens du plus fidèle amour :
Ne pourriez-vous, hélas ! le chanter à son tour ?
Ne pourriez-vous, hélas ! de l'amitié sublime,
Sur vos chants élevés nous porter à la cime ?
Chanter les tendres sons d'un père affectueux,
D'une mère sensible et des augustes Dieux ?
La nature en nos champs, au printemps de l'année,
Célèbre le retour de sa cour fortunée,
Tout cadence en les airs, tout chante le bonheur,
Eh ! je voudrais du chant proscrire la douceur !

Non, certes! mais peut-on vous citer pour mérite,
Ce qui, le plus souvent, au vice nous invite,
Ce qui glisse avec art dans nos cœurs le poison,
Ce qui tend à charmer et tromper la raison:
Les arts, enfans du ciel, si la vertu les guide,
Enfantent le bonheur marchant sous son égide;
Mais pour nous abuser, le torrent vicieux
Les traîne sur ses pas en fascinant les yeux;
On se laisse entraîner, et bientôt sans boussole,
Un nautonier trompeur nous perd et nous console.
Ainsi sans la vertu, voyageur égaré,
On est à chaque instant d'abîmes entouré;
Même avec la vertu, manquant d'expérience,
On suit sans le savoir le vice qui l'encense;
Et bientôt trop avant pour pouvoir reculer,
De ses charmes perdus on se veut consoler.
On vante encor la danse et les robes dorées
Dont un bal orgueilleux vous admire parées;
Non, ce n'est pas non plus que, censeur rigoureux,
La danse soit un crime à mes sévères yeux:
Mais vouloir la citer pour mérite des femmes,
Ma foi c'est joliment ironiser, Mesdames;

Et l'or de vos habits, leurs fleurs et leurs tissus,
Encore à maints avis vous en donnent bien plus.
Pourquoi ne pas vanter, comme rare mérite,
La mode qui paraît et disparaît de suite ?
Vos cheveux naturels, tombant sous les ciseaux
Aussitôt remplacés par des cheveux nouveaux ?
Mille autres nouveautés que je ne peux décrire,
Qu'un seul jour voit paraître et voit souvent proscrire ?
Pourquoi même oublier tous ces fards tant vantés
Qui font de laiderons encore des beautés ?
Ces sourcils du crayon nous présentant l'adresse,
Et cet œil de cristal qui nous peint la tendresse,
Ces traits, ces dents, ces reins, ces hanches, ces trésors
Savamment ajustés sur d'agiles ressorts ?
Enfin tout ce que voit la table de toilette,
Quand repose en son lit mainte et mainte coquette?
Du mérite apparent pourquoi seul nous parler ?
Le sexe en a plus d'un qu'on ne doit pas céler ;
Ces yeux à volonté qui se baignent de larmes,
Et que sitôt des ris nous découvrent les charmes;
Ces soupirs affectés, ces regards pleins de feux
Qui d'un air languissant viennent frapper nos yeux ;

Cet air de vérité qui pare l'imposture ;
Ce ton naïf et doux imité de nature ;
Ces sentimens si purs, si tendres et si grands
Qui fascinent les yeux même aux plus clairvoyans ;
Ces dehors affectés de mille bontés d'âme ;
A tous ces traits charmans qui méconnaît la femme?
Je le sais ; ce matin elle aime avec excès,
Mais ce soir, excusez, elle a vu d'autres traits.
Beau sexe, il en est temps, abjurons la satire,
J'entends la Vérité, je la sens qui m'inspire.
En dansant, je le sais, vous enchantez nos yeux ;
Mais quel mérite a donc ce talent gracieux ?
Je ne vous dirai pas que de la modestie
Toujours on y revoit la première ennemie ;
A l'église, au sermon, aux offices divins,
Elle ôse nous montrer ses attraits peu chrétiens.
« Est-ce crime, après tout, que de chercher à plaire ?
» Pour un peu d'indécence est-ce donc une affaire ?
» On n'est pas toujours jeune, il faut jouir du temps ;
» Le temps fuit et bientôt nous n'aurons plus d'amans. »
Hélas ! écoutez donc la raison qui vous crie :
» Par de plus sûrs moyens on plaît toute la vie ;

» On vieillit, mais toujours les qualités du cœur
» Vous font jusqu'à la fin savourer leur douceur.
» Douce, tendre et modeste, et sincère et fidèle,
» Vous allez devenir immortelle, éternelle;
» Epouse, heureuse mère, on verra tous vos ans
» Adorés d'un époux, chéris de vos enfans:
» Toujours vous jouirez, et, bravant la vieillesse,
» Tous vos jours ne seront qu'un tissu de tendresse;
» Même vous braverez les caprices du sort,
« Car vous vivrez toujours, en dépit de la mort. »
Le plaisir de la danse est simple par lui-même,
Mais tout est vicieux quand il devient extrême;
La danse, qui pis est, de sa simplicité,
Se voit prête à sortir par trop de volupté.
Le vice dès long-temps se pavanait en France:
Mais la valse jamais n'eût été votre danse,
Si l'immoralité, sans plus cacher ses traits,
N'eût eu pour se montrer des lustres de forfaits.
Je ne dis pas non plus que l'excès de la danse,
Funeste à la santé, funeste à l'existence,
Très-souvent moissonna, dans son premier printemps,
L'enfant, le seul plaisir de sensibles parens;

Qu'enfin elle a perdu sa noblesse première,
Qui la faisait nommer DANSE DE CARACTÈRE.
Ce noble menuet étalant la grandeur,
Etalant la décence, étalant la candeur,
Des grâces, des attraits, mariant tous les charmes,
Par des sauts et des tours vit fracasser ses armes.
Tel est enfin le goût des Français corrompus,
Amateurs du nouveau plutôt que des vertus!
Mais laissons-là la danse et voyons la peinture;
Peindre les fleurs, les champs, les bois et leur verdure,
Doit convenir au sexe, à ses goûts délicats;
On l'y voit exceller, je n'en disconviens pas.
C'est un talent chéri de la belle innocence;
Qu'il se borne donc là jusqu'où va la décence;
Sans désirer d'aller, pour vaincre des rivaux,
Nous peindre des Vénus et tant d'autres tableaux.
Femmes, je le redis, si vous voulez m'en croire,
Préférez les vertus à la sordide gloire.
Ces monumens de l'art, ces tableaux précieux,
Doivent même long-temps se cacher à vos yeux.
Faut-il pour les romans encourager les femmes?
Il en est déjà trop, ah! croyez-moi, Mesdames,

Sans ces maudits romans, livres empoisonneurs,
Oui, nous aurions encor des vertus et des mœurs ;
Ils ouvrent aux désirs une facile route ;
Quand on est en chemin il n'est plus rien qui coûte.
De quelque femme enfin, et surtout de Genlis,
J'admire avec respect les illustres écrits ;
Mais il faut pour ouvrir une telle carrière,
Avoir reçu d'en haut la céleste lumière :
Hélas ! qui sait encor si la Divinité
Ne peut parfois voiler sa brillante clarté ?
Quant aux vers, je ne sais par quelle fantaisie,
Femmes, on vous défend ce charme de la vie.
Les Muses autrefois dans leurs temples chéris,
Aux Grâces unissaient et leurs chants et leurs ris;
Même l'Amour alors dans ses ardeurs fidèles,
S'unissait à leur fête et marchait avec elles ;
Leur beauté, leur jeunesse, un modeste maintien,
Annonçaient des vertus l'honneur et le soutien.
S'il est paru depuis quelque Muse traîtresse,
Elle n'a pas, je crois, bu de l'eau du Permesse ;
Ainsi ne craignez pas ; des neuf sublimes Sœurs,
Vous pouvez, sans faillir, vous livrer aux douceurs.

Enflez le chalumeau, faites gémir la lyre,
Selon que leur ardeur plus ou moins vous inspire;
Chantez l'amour fidèle et la belle amitié,
Dont vos paisibles jours jouissent à moitié;
Aiguisez tous vos traits contre l'hypocrisie,
Et l'indiscrétion et la haine et l'envie,
Contre la perfidie et l'infidélité,
Le caprice, l'orgueil, la curiosité;
Célébrez la franchise et la belle innocence,
La pudeur, la candeur, l'honneur et la décence;
La douceur d'être mère en les bras d'un époux
Qui vit pour ses enfans, qui respire pour vous;
La générosité, constante bienfaitrice,
Et le désir constant de payer un service:
D'un si charmant concert, qu'aux accords merveilleux
Tout le sexe applaudisse et du cœur et des yeux!
Qu'il embrâse son cœur d'une aussi belle flamme!
Que ses sens échauffés du transport de son âme,
Savourent les douceurs des sublimes vertus;
Le vice au loin s'enfuit et le crime n'est plus!
Femmes, changeons de ton, on chante vos services;
De l'existence, hélas! je vous dois les prémices.

Existence cruelle en le siècle présent !
Enfant, j'eusse encor craint de perdre un tel présent ;
Je l'eusse regretté avant de le connaître ;
Maintenant je le dis ; qu'est-ce donc que de l'être ?
Naître, peiner, pleurer, souffrir, languir, mourir ;
Donc il aurait valu mieux rester que venir.
Cependant, mon esprit, te portant en arrière,
Tu rappelles mes sens vers mon heure première.
On me l'a dit, hélas ! mes parens au berceau
M'ont laissé pour rentrer dansla nuit du tombeau.
Hé ! pourais-je en douter? puis-je ne le pas croire,
Puisqu'aucn de leurs traits ne s'offre à ma mémoire ?
O femmes, c'en est fait, une a parlé pour vous
En offrant à mon cœur des souvenirs si doux.
O ma sublime tante, acceptez mon hommage !
Si je vivais toujours, je dirais d'âge en âge
Vos sublimes vertus, vos rares qualités,
Vos peines, vos travaux, vos générosités ;
Votre cœur toujours pur, votre âme noble et belle ;
Au-dessus, aujourd'hui, d'une simple mortelle.
Non, ce n'est pas le bien reçu de vos aïeux
Que vous faites servir à sauver vos neveux,

Encore

Encore tout enfant de l'horrible misère
De se voir sans fortune, et sans père et sans mère.
Un fanatique abus de la religion
Fit périr votre aïeul dans le sein d'Albion;
Fit brûler ses papiers, lui ravit sa fortune,
Aux revenus d'Etat en la rendant commune.
Votre malheureux père encor dans le berceau;
A peine échappe-t-il aux fureurs du bourreau;
L'Humanité le place en des mains étrangères;
On lui rappelle après les fureurs meurtrières
Qui l'ont laissé proscrit et sans père et sans bien,
Sans parens, sans amis, pour être son soutien.
Sitôt qu'un faible bras peut servir son enfance,
Il faut que de lui seul il tire l'existence;
On lui dit c'était là le bien de vos aïeux:
Hélas! à quoi lui sert? il frappe en vain ses yeux!
Parfois pour ses enfans un espoir se ranime;
Des parens échappés à la fureur du crime,
Aux îles, à Paris, riches d'argent, de bien,
Tracent ces derniers mots d'une mourante main:
« Tel pays fut jadis le lieu de mon ancêtre,
» Là, quelques rejetons s'y trouveront peut-être. »

On écrit, on s'informe, on trouve bien le nom ;
Mais titres et contrats les rencontrerait-on ?
On cherche, mais en vain : la fureur prévoyante
Avait fait tout brûler pour frustrer toute attente.
De recouvrer du bien pour vous l'espoir n'est plus !
Consolez-vous ; le bien ne vaut pas les vertus.
Le bonheur n'est jamais enfant de la richesse ;
Mais les belles vertus l'enfantèrent sans cesse.
Ainsi donc au travail égayant ton bon cœur,
Ta belle âme trouva le solide bonheur.
O fille vertueuse ! en nous servant de mère ;
Tu sus encor chercher et nous trouver un père ;
Et deux frères et moi, par vos soins élevés,
Vous doivent les honneurs à vos soins réservés.
O conduite sublime autant que généreuse !
Reçois tous les transports de mon âme pieuse.
Muse, d'Elisabeth, chez toute nation,
Ne pourras-tu porter et la gloire et le nom ?
Que ton ardeur redouble en chantant sa sagesse,
En chantant de son cœur la bonté, la noblesse
Qui ne connut jamais de plasir, de bonheur,
Que celui de donner un asile au malheur ;

Qui ne connut jamais la haine ni l'envie,
Qui sans cesse servit même son ennemie,
De la seule amitié connaissant les transports
Qui fit pour la servir et mille et mille efforts.
Mais je ne dis plus rien ; ton âme bienheureuse
Montre sans doute aux cieux ta vertu précieuse.
Eh! que pourraient pour toi de si faibles accens?
Tu t'inquiètes peu de notre faible encens!
Femmes, c'est donc à vous que retourne ma Muse ;
Je veux que l'on vous chante et non qu'on vous abuse.
Votre chantre, je crois, pour vous porter au bien,
N'a vraiment, sur ce point, voulu négliger rien ;
En traçant les devoirs et les soins d'une mère,
Vous a fort bien tracé ce que vous deviez faire ;
D'une mère sensible a détruit plusieurs soins,
Toujours en supposant ne pas vous en voir moins;
Et vous traçant toujours les faits du petit nombre,
Dans la pluralité sait vous cacher sous l'ombre.
Mais moi dont les discours sont toujours clairs et francs;
Sans chercher à cacher par maints détours savans
Ce que l'on vous présente au travers d'un long voile ;
Je vais, sans balancer, faire lever la toile.

Si, comme il le faudrait, pour aller voir l'hymen,
La beauté, la vertu se tenaient par la main,
Non, je ne doute pas, sensible à la nature,
Que toute mère alors oubliant la parure,
Oubliant les concerts et tout autre désir,
Ne fît de son enfant son unique plaisir;
Mais comme quelquefois ce n'est qu'un pur caprice
Qui vous porte à l'hymen à faire sacrifice,
Qu'un sordide intérêt en fait le plus souvent
Acquitter tous les frais au prix d'un vil argent,
Ou que la vanité, par sa brillante amorce,
Dans les bras d'un époux vous entraîne par force
Malgré que vous ayez quelqu'autre ami de cœur
Qui vous ait fait goûter l'amoureuse douceur;
Alors il est tout sûr que chez vous fort étrange,
L'hymen avec vos goûts fort rarement s'arrange.
Vous maudissez assez deux ou trois derniers mois
Qui de ce monstre affreux vous font garder les lois;
Vous déposez au jour un enfant de son père,
Et l'envoyez dès lors trouver une autre mère.
« Qui; moi? je nourrirais, je gâterais mon sein,
» Et puis je fanerais les roses de mon teint? »

On ne dit pas cela, mais on a la poitrine
Qui par quelque douleur fort souvent nous chagrine ;
On voudrait bien nourrir, mais l'avis d'un docteur,
Assez souvent gagné, prévoit quelque malheur.
Le bon mari dès lors, aimant votre existence,
S'oppose à ce dessein, vous en fait la défense.
« Cher enfant ! malgré moi je vais donc te quitter? »
Un doux effort vous fait pleurer et sangloter ;
Ou bien chez soi parfois on gage une nourrice,
On fait venir l'enfant par plaisir, par caprice :
Et si lors il en tient de jaser à l'époux,
« Tiens, regarde mon bon comme il a les yeux doux, »
Lui dit-on tendrement, « c'est ton portrait fidèle ;
» L'Amour de tous tes traits a tracé le modèle.
» Quel plaisir d'embrasser ce cher petit poupon !
» Il semble dans mes bras que je te tiens... mon bon ! »
L'époux est enchanté. Sitôt à sa toilette
On ajuste les fards, on prend sa collerette,
On s'habille ; en un mot, à la société,
On va revoir l'objet dont on est enchanté.
Là, l'on fait de l'esprit, on lui lance un sourire,
On s'occupe à jaser, babiller et médire ;

On prend le temps, les lieux....enfin ne disons rien;
L'époux en se taisant souvent s'en doute bien ;
Ainsi tout comme lui respectons le mystère ,
C'est encore le mieux , je crois , que l'on peut faire.
On voit plusieurs maris encor plus complaisans ,
Quand l'amant doit venir avoir soin d'être absens ;
C'est comme fait toujours un mari du grand monde ;
Qui connaît le bon ton , ne gêne pas le monde :
Chacun doit s'amuser ; le mari sait ailleurs
Savourer à son tour ce qu'il trouve meilleur.
Je sais que ce grand ton n'est pas dans nos villettes ;
A d'autres moyens là recourent nos coquettes.
Mais... non, ne craignez pas que je mette au grand jour
Les détours captieux où vous guide l'amour.
Maris, point de soupçons, soyez toujours tranquilles ;
Vos moyens les plus sûrs sont toujours inutiles.
Ainsi pour être heureux ne vous doutez de rien ,
Confiez-vous toujours et tournez tout au bien.
Pour l'enfant , on y voit , et même l'amour propre
Veut toujours qu'il soit net et bien gras et bien propre;
Pour une tendre mère on veut toujours passer ,
On l'appelle en public , on le veut caresser.

Que je suis, j'en conviens, un censeur fort étrange !
Chaque condition, toute manière change ;
Mais partout, en tous lieux, ce sont toujours des biais
Qui ne sont pas tracés pour former des procès.
Ainsi laissons enfin l'innocence tranquille ;
Ce qui peut être dit n'est que trop inutile !

FIN DU CHANT PREMIER.

LA VÉRITÉ.

CHANT SECOND.

LA VÉRITÉ.

CHANT SECOND.

Au petit nombre, à vous mères sages, sensibles,
Qui goûtez des vertus les charmes si paisibles,
Qui goûtez dans l'hymen un plaisir pur et doux
A soigner vos enfans, à chérir votre époux,
A vous seules j'adresse un hommage sincère ;
Permettez que ma Muse en ses chants vous révère.
L'illustre Legouvé, chantre de vos travaux,
Sans doute avec plaisir se verra des rivaux ;
Il a fort bien chanté vos soins, vos sacrifices,
Donnant et secourant la vie et ses prémices ;
Il a fort bien chanté vos courageux efforts
Pour aider de l'enfant les pénibles essors ;
Il a fort bien chanté cette noble tendresse
Qui protége, qui sert, console sa faiblesse.
Qui peut chanter assez vos efforts triomphans ?
Par vous un homme heureux voit croître ses enfans ;

Et par vous les vertus déja presque ignorées ;
De notre siècle encor vont être recouvrées.
C'est vous qui les formez ces rejetons chéris
Qui doivent devenir l'honneur de leur pays !
Ayant donné vos soins au secours de l'enfance ,
Songez à diriger la faible adolescence.
Surtout sur votre sexe , arbrisseaux précieux ,
Ayez toujours fixés et le cœur et les yeux.
Inculquez-leur d'abord la confiance chère
Qu'inspirent la douceur , la bonté d'nne mère ;
Qu'ainsi dans votre cœur leur plus secret penser,
Sans trop craindre le blâme aille se reposer :
En dévoilant ainsi le germe qui fermente ,
Vous pouvez seconder ou tromper son attente.
Votre exemple d'abord en illustre leçon
Abondant sur tout point fixe l'attention.
O sublime leçon que celle de l'exemple !
Sans cesse on la revoit , sans cesse on la contemple ;
Sans cesse on est frappé de ses sons , de sa voix ;
Sans cesse elle nous crie et nous dicte des lois.
Que sont enfin auprès les sons de l'éloquence ?
Tout l'art de nos rhéteurs ne vaut pas son silence.

Que me sert-il d'ouïr ce grand prédicateur
Me traçant le chemin qui conduit au bonheur,
Me traçant le portrait des vertus précieuses
Qui doivent me conduire aux heures bienheureuses ?
J'entends de ce qu'il dit la force et la raison ;
Je suis loin cependant de croire à son sermon.
Pourquoi ? C'est que j'ai vu les traits de sa conduite,
Du soutien qu'il décrit marcher à l'opposite ;
Et que mon cœur lui dit : « Le trouvant bon pour moi ;
» Pourquoi ne peux-tu donc y marcher aussi toi. ? »
Ainsi, quoiqu'ignorant et simple par nature,
Je le soupçonne donc aussitôt d'imposture ;
Je crois que ce qu'il dit sont des châteaux en l'air,
Ou des cerfs effleurant les ondes de la mer.
Qu'il en est autrement, quand la docte morale
D'un ministre pieux à mon esprit s'étale !
Toujours ce qu'il me dit, peignant ses actions,
Devient l'objet constant de mes attentions :
J'écoute son discours, je goûte sa maxime,
Et je crois fermement sa morale sublime.
O mère sage ! ainsi l'exemple sans effort,
Du cœur de votre fille agite le ressort. . . . .

Vos actions sans cesse, hélas ! sont à sa vue ;
Eh ! pourrait-elle enfin ne pas en être émue ?
Mais malgré votre exemple il faut encor des soins ;
La nature aux vertus nous porte plus ou moins ;
Un sol est plus ou moins empoisonné d'épines,
Et plus bas ou plus haut en reçoit les racines.
Ainsi pour l'extirper du fond de son sillon,
Toujours plus attentif on revoit le colon ;
Et quelquefois malgré tous ses efforts pénibles,
Il en trouve à regret qui sont indestructibles ;
Il en voit hérisser encor ses nouveaux blés,
Malgré tout son travail et ses soins redoublés.
Travaillez cependant, et sans perdre courage,
Imitez ce colon laborieux et sage.
Il choisit la saison, et surtout le printemps,
Pour détruire à jamais ces pertes de ses champs.
Votre temps est aussi le printemps de la vie
Pour détruire le vice et sa peste ennemie ;
Si vous perdez ce temps il n'est donc plus d'espoir
De pouvoir rappeler la vertu, le devoir.
Déjà d'un cœur constant aux lois de l'innocence,
Vous avez su gagner toute la confiance ;

Vous avez su graver dans ce cœur enfantin,
La vertu, le devoir et le respect divin;
Vous avez su couper la racine des vices;
Déjà vous jouissez de si belles prémices:
Vous voyez le bon grain verdoyant dans ce cœur;
Ne vous endormez pas sage cultivateur!
Sans cesse parcourez cette moisson chérie,
Et voyez s'il n'y croît quelque peste ennemie:
C'est là l'instant fatal, car tout fermente alors;
Redoublez donc vos soins, vos peines, vos efforts.
Sous l'ombre de vos blés souvent perce l'épine;
Si la prudence alors n'achève sa ruine,
Bientôt s'endurcissant, hérissant vos moissons;
Vous y verrez partout d'innombrables buissons:
Resserant, étouffant toute votre espérance,
Et bravant pour le coup toute votre constance.
Qu'une autre crainte encor sans cesse en votre esprit;
Vous fasse surveiller et le jour et la nuit:
Mille et mille ennemis sur cette agile terre,
Vont chercher à jeter mainte graine contraire
Qui, bientôt, fermentant en dépit de tout soin;
De tous vos blés semés ne feront que du foin.

Fiez-vous à vous seule, et prenez donc la garde
D'un trésor précieux qui seule vous regarde ;
D'abord qu'en vous servant, des gens déjà connus,
Ne montrent à ses yeux que le goût des vertus.
Empêchez même aussi que trop de confiance
Ne les porte souvent à rompre le silence ;
Et pour société ne voyez que des gens
Occupés comme vous du soin de leurs enfans.
Chérissez votre fille et que compagne chère,
Elle suive partout avec plaisir sa mère.
En discours amicaux sondez souvent son cœur ;
Offrez-lui la vertu comme le seul bonheur,
Et dans toute leçon savante institutrice,
Offrez-lui, GRADATIM, toute l'horreur du vice.
Je ne vous dirai pas qu'à de légers travaux,
Vous devez de l'étude employer le repos ;
Je ne vous dirai pas que quelqu'heure d'aisance
Ne doit lui présenter ni travail ni science,
Et doit lui laisser faire, au gré de ses désirs,
Tout ce qui peut charmer ses innocens plaisirs.
Ainsi dans tout son cœur la vertu s'enracine,
Et du vice étouffé célèbre la ruine.

Mais

Mais ses yeux et son cœur n'ont rien lu, n'ont rien vu
Qui sans cesse n'ait dit l'honneur de la vertu ;
Voilà l'instant fatal où bientôt le grand monde
Va montrer à ses yeux les vagues de son onde,
Va bientôt lui glisser le poison séducteur
A grands flots distilé par maint adulateur.
« Mais quoi! » me direz-vous, « voilà ma fille grande ;
» Il lui faut les talens que son rang lui demande ;
» Il faut savoir danser, et musique et dessin
» Aussi doivent orner et sa voix et sa main ;
» Il faut qu'en pension ma fille aille se faire.
» Ce n'est pas dans le monde une petite affaire
» Que de paraître nue et sans tout le brillant
» Qu'offre en société le charme du talent. »
Hélas ! gardez-vous bien de vous laisser séduire
A trop de vanité que l'orgueil vous inspire.
Je sais, pour une mère, il est certes bien doux
De voir briller sa fille et plaire aux yeux de tous;
En les cercles montrant mille talens aimables,
Joints à des qualités utiles, estimables,
Qui, même en occupant ses innocens plaisirs,
Empêchent qu'en son cœur naissent de vils désirs.

Ainsi donc, s'il se peut, sous votre surveillance,
Qu'on l'exerce au dessin, la musique et la danse;
Même si vous pouvez lui donner des leçons,
Vous serez encor plus exempte de soupçons;
Mais chez vous ne pouvant lui procurer de maître,
Apprenez-lui le peu que vous pouvez connaître;
Et si de tout cela vous ne connaissez rien,
Songez que les vertus sont le souverain bien,
Et qu'un jour, comme vous, mère sage, estimable,
Elle n'a pas besoin d'un talent peu durable;
Mais que les qualités et de l'âme et du cœur
Feront jusqu'à la fin son plaisir, son bonheur.
Ainsi n'allez donc pas pour peu de gloires vaines,
Perdre en un seul instant tout le fruit de vos peines.
Voilà l'instant critique où l'amour de son sein
Va, même à son insçu, se porter sur son teint;
Elle sent les désirs sans connaître la cause;
Ses sens sont agités, en vain elle repose;
Une force invincible agite ses esprits,
De jour comme de nuit, éveillés, endormis;
C'est le plus dangereux des instans de la vie;
Tout sert en ce moment l'illusion chérie;

Il faut pour s'y livrer la seule occasion.
Que peut lors le bon sens contre la passion ?
Cybèle était Déesse, et Cybèle était mère,
Suivait exactement Cérès sa fille chère :
Cependant en laçant son corset enfantin,
Elle vit les effets du petit Dieu malin.
Jugez de sa surprise ; aux yeux d'une Déesse
Qui suit toujours sa fille avoir eu cette adresse !
Amour, on le sait bien, même aux yeux des mamans,
Tu sais encor cacher le secret des amans !
Défiez-vous toujours et prenez toujours garde ;
Contre amour une fille est une rude garde.
Parlez-lui tendrement, expliquez-lui l'ardeur,
Le trouble que ses sens vont jeter dans son cœur ;
Apprenez-lui qu'un jour une constance chère,
Doit lui joindre un époux et doit la rendre mère;
Mais qu'il faut bien connaître auparavant d'aimer,
Et fuir le premier jour qui nous semble charmer;
Que ce siècle est fécond en noire perfidie,
Et qu'un masque éclatant pare l'hypocrisie ;
Qu'à son âge on est faible et facile à tromper ;
Que maint adroit flatteur s'applique à l'attraper ;

Et qu'une fois entrés dans le chemin du vice ;
Rien ne nous peut tirer de son noir précipice ;
Que pour l'illusion d'un instant malheureux ,
On ressent à jamais mille tourmens affreux.
Qu'ainsi pour l'éviter elle doit sur sa mère
Etayer à jamais sa confiance entière ,
Qui sachant lui montrer sous les fleurs le poison ,
Soutiendra constamment sa débile raison.
Si vous persuadez cette maxime sûre ,
Vous verrez, j'en réponds, sa vertu toujours pure ;
Mais si , mordant l'appas de trop de vanité ,
Vous croyez un couvent un lieu de sûreté
Pour aller , selon vous , y puiser la science ,
Hélas ! que votre cœur aura de repentance !
Vous ne savez donc pas que dans ce sacré lieu
On ne s'occupe pas toujours à prier Dieu ?
Qu'un essaim de jeunesse y porte l'affluence ,
Que toujours le grand nombre engendre la licence ,
Et qu'un mouton galeux dans de nombreux troupeaux,
Porte contagion parmi tous les agneaux.
Dans ce couvent , hélas ! il en est de tout âge ;
[illegible]st qu'on y met pour devenir plus sage ;

D'un amour vertueux l'un a reçu le jour,
L'autre fut engendré par un sordide amour.
Il en est jeune encor qui, connaissant le vice,
Est bien loin d'y porter un cœur pur et novice,
De leur institutrice à quoi sert la leçon ?
Bien loin d'être l'objet de leur attention,
On s'ennuie à l'entendre ; on s'esquive de classe,
On va vîte se voir aux rayons d'une glace ;
Dans ses habits cachés on tire des romans,
On les lit et relit : « ô délices charmans !
« Et toi, que fais-tu donc ?... oh mon dieu qu'elle est sotte!
» Tu n'as donc rien appris ?... oh c'est une bigote !
» Tu n'as jamais rien lu ?... ? tu ne connais donc rien ?
» Comme elle est gauche, hélas ! a-t-elle un sot maintien !
» Tu ne cherches donc pas à savoir, à t'instruire ?
» J'ai de quoi, si tu veux, à te donner à lire.
» Tiens ; oh ! quel beau roman ! quels vers tendres et doux !
» Si nous avions aussi des Tyrcis avec nous !
» Que Colin est charmant et que Lubin est tendre !
» De l'aimer, le chérir, qui pourrait se défendre ?
» -- Mais ma mère, ma bonne, a souvent répété,
» Qu'un amant ne doit pas toujours être écouté ;

» Qu'il était séducteur, inconstant et parjure.
» -- Ma bonne, tu vois bien que c'est lui faire injure.
» Tiens, regarde Tyrcis constamment amoureux
» De la belle Tyrcé, ne sont-ils pas heureux ?
» Ah ! s'il fallait toujours s'amuser à ces mères,
» Il ne faudrait jamais cesser d'être sévères ;
» Aussi n'ont-elles pas aimé tout comme nous ?
» Il faut aimer avant que de prendre un époux. »
Sans s'en apercevoir, ainsi de l'un à l'autre,
Mère, on prend des leçons qui détruisent la vôtre ;
On se trouve égaré sans trop voir son erreur ;
Bientôt le vice plaît, on chérit sa noirceur.
Après ces complimens, quelqu'autre plus funeste
Finit, n'en doutez pas, par corrompre le reste ;
De plus grandes que soi recherchant les discours,
On est bientôt instruite, allez, en peu de jours :
Vous êtes mère, hélas! mais beaucoup ignorante
Au prix de ce que sait cette troupe savante.
On a maître de danse et maître de dessin,
Et toujours dans le cœur un amoureux dessein ;
Le peintre, comme on sait, ami de la nature,
En offre tous les traits en sa belle peinture ;

On lui prête le port d'un jeune adolescent,
Il plaît, à son amour bientôt on condescend
Pour avoir en peinture apporté la constance,
Et pour avoir des sens excité l'influence.
« Mais ce cas est très- rare ; un seul mauvais sujet
» Peut sentir de l'amour pour un pareil objet. »
Cela peut être vrai ; mais on sort dans la ville,
On a bien chez madame... un objet très-utile...
C'est qu'on doit y revoir et dévorer des yeux,
Cet objet si charmant dont on est amoureux.
Un moment on lui parle et bientôt une lettre
De sa part au couvent à nous vient se remettre ;
On répond, c'en est fait ; et ce bienheureux jour
A placé notre belle au temple de l'amour,
On reçoit, on renvoie épitres et romance ;
Ce n'est partout que feu, qu'amour et que constance.
Dirai-je que l'on sort après pour se revoir
Aux fins de s'acquitter d'un important devoir ?...
Mais n'arrive-t-il pas que celui-ci s'absente ;
Et que par pur hasard un autre se présente !
C'est un Endymion ou bien un vrai Pâris ;
Il a le cœur, les traits tout comme eut Adonis.

« Tyrcis me fut si cher !... hélas ! sa longue absence
» M'est un garant certain de son indifférence. »
On s'abandonne entière à cet objet charmant ;
Mais sa mère demande, on laisse le couvent,
Et l'on ne revoit plus cet objet plein de charme.
Pour un cœur si constant quelle mortelle alarme!
On arrive : « ma fille, elle est toute de Dieu ;
» Comme elle a profité des lèçons du saint lieu ! »
En effet, dans son cœur l'adroite hypocrisie,
Va tout mettre en avant pour vous cacher sa vie.
Elle va vous parler, dira-t-elle, de cœur ;
Mais son esprit, hélas ! se porte bien ailleur !
Elle vous entretient de pieuse sagesse ;
Que ses sens sont émus par une autre liesse !
Vers l'église souvent un soin religieux
La porte, au seul dessein de fasciner vos yeux ;
Le matin et le soir en une humble posture,
Elle semble implorer l'auteur de la nature :
Cependant ses soupirs n'appellent qu'un amant,
Libre, esclave, en un mot il n'importe comment ;
Celui qui peut le plus, soustrayant l'apparence,
Satisfaire à ses sens, connaît toute science ;

Pourvu qu'il sache aussi bien taire le secret
Qui doit être caché selon son grand projet.
Car les sociétés ont encor la faiblesse
De mettre à fort haut prix des filles la sagesse :
Il faut donc, et c'est tout, affronter le soupçon,
Evitant les regards du grand QU'EN DIRA-T-ON.
O sublime vertu ! quelle est donc ta puissance ?
Même le plus méchant cherche ton apparence ;
Et dans un siècle, hélas ! mille fois vicieux,
On veut encor passer pour être vertueux.
Même le plus méchant aime une fille sage
Qui lui porte à l'hymen de sa vertu le gage,
Et croirait s'avilir s'il devenait l'époux
De celle contre toi dont on connut les goûts ;
Et la société mille fois vicieuse,
Ne reçoit dans son sein que fille vertueuse ;
C'est-à-dire qui prenne assez d'attention
Pour contre l'apparence être en précaution,
Ou pour le moins qui sache ôter la certitude
Qu'elle peut s'adonner à trop de turpitude.
Il est bien étonnant qu'un siècle aussi pervers
Demeure encor plongé dans de pareils travers !

Aussi j'aperçois bien qu'un peu l'on se relâche ;
Que le vice bientôt n'imprime plus de tache ;
Et que dans peu je crains, le masque des vertus
Sera même inutile à nos nouveaux venus.
Vérité, n'allons pas au-delà la limite ;
Revenons donc à nous et n'allons pas si vîte.
Mères sages ! enfin vous en ai-je assez dit ?
Ai-je pu vous convaincre ? enfin en votre esprit
Avez-vous résolu de garder sous votre aile
Cette jeune beauté simple encore, et fidèle
A suivre vos avis, à suivre vos leçons ?
Enfin, oui ! je le vois, vous goûtez mes raisons.
Les pensions du jour ne seraient pas meilleures
Que n'étaient autrefois ces tranquilles demeures
Où bon gré.... l'on allait ensevelir son cœur
En contemplation du céleste bonheur.
Ne croyez pas pourtant qu'un tel degré de vice
Les peut toutes traîner dans un tel précipice ;
C'est le plus haut degré que j'étale à vos yeux.
La nature nous fait plus ou moins vicieux.
Il peut même arriver qu'en entrant fort pieuse,
Quelqu'une pût sortir sage, très-vertueuse :

Mais une exception ne prouvant jamais rien,
Craignez tout pour le mal et tremblez pour le bien!
Allons donc retrouver cette fille chérie
Qui vous aime toujours comme sa tendre amie;
Qui verse en votre sein les secrets de son cœur,
Qui trouve en vos leçons le souverain bonheur.
C'est un jeune arbrisseau tendre encore et flexible,
Qui du fier Aquilon ressent l'effort terrible;
Il se soutient encor par vos soins affermi,
Mais vous allez lui voir bientôt d'autre ennemi;
Si vous ne l'étayez craignez que le grand monde,
En déchaînant les vents du sein de sa noire onde;
Ne fasse alors pencher sa tige en mauvais sens:
Servez-lui donc d'appui, c'est le critique temps.
Que quand on voit la fille on voie aussi la mère
A la campagne, au bal, la messe, la prière;
Et qu'enfin hors chez vous, voyant l'une des deux,
On dise: « l'autre va se montrer à nos yeux. »
Alors maints courtisans lui feront révérence;
Mais vous, d'un regard seul, vous leur portez sentence:
Vous connaissez leurs faits, vous connaissez leurs mœurs,
Et ne vous trompez pas à leurs feintes douceurs.

Vous pouvez donc l'apprendre à juger l'hypocrite,
A discerner le fat de l'homme de mérite,
A sentir des flatteurs l'encens pernicieux,
A juger même à fond les discours captieux.
De vos sages leçons savamment enrichie,
Elle voit les replis où se cache l'envie,
Le sordide intérêt, la noire trahison,
L'infâme calomnie agitant son poison,
Tous les dehors trompeurs qu'enseigne enfin l'adresse
Pour se montrer couvert d'un masque de sagesse.
Ainsi consolidant ce fragile arbrisseau,
La raison avec vous en tire le niveau;
Et bientôt la raison, secours inaltérable,
La rend pour les vertus, solide, inébranlable.
En vain le vice horrible, en replis tortueux,
S'entortille en tout sens pour fasciner ses yeux:
Les vertus à jamais solides dans son âme,
Du mortel ennemi lui découvrent la trame.
Vous jouissez alors du fruit de vos travaux.
Qui vient encor troubler vos innocens repos?
« Ma fille, » dit le père, « est gracieuse et sage;
» Mais doit se décider bientôt au mariage;

» Monsieur... depuis long-temps me parle de son fils;
» Et joint à de grands biens le titre de marquis. »
Ou si vous n'êtes pas entichés de noblesse,
On parlera de l'or, de bien et de richesse.
S'il est riche il a tout, et sagesse et vertus;
Car on n'a plus de vice en ayant des écus.
L'intérêt en despote aujourd'hui tient la terre;
Que me servira donc de lui faire la guerre?
« Voyez-vous, » dira-t-on, « il plaide son procès;
» Comme lui du peu riche il prend les intérêts. »
Mais que répondra-t-on si jamais l'hyménée
Ne doit, comme je crois, fixer ma destinée?
Sans être riche, mais toujours content de peu;
J'en laisserai toujours assez à mon neveu;
Ainsi je ne dois pas craindre un pareil reproche:
Tant riche soit l'hymen c'est en vain qu'il m'approche!
Quoique l'on dise enfin de moi comme de vous,
Contre un vil intérêt armons notre courroux:
Mère, que notre voix appelle le tonnerre,
Et de ce monstre affreux purgeons enfin la terre.
Que dis-je, hélas! hélas! tous nos efforts sont vains!
Contre lui des vertus soyons donc les soutiens.

Heureux ! encore heureux de pouvoir en défendre
Un petit nombre encor toujours prêt à se rendre ;
Heureux ! si nous pouvons persuader l'époux,
Que le choix pour l'hymen doit l'emporter sur tous ;
Qu'une fille très-sage et dont le caractère
Est bien consolidé par les soins d'une mere,
Doit par elle juger la bonté de ce choix,
Et doit sur son goût seul se soumettre à ses lois.
Je sais bien qu'à son tour une fille prudente,
A sa mère toujours sa chère confidente,
Ne doit jamais cacher l'impression d'un cœur
Qui commence à sentir une pudique ardeur ;
Qu'elle doit écouter les avis de son père,
Et doit même y prêter attention entière.
Mais aussi je soutiens que le droit des parens,
Se borne sur ce point aux seuls conseils prudens.
Qu'ils sont tyrans sitôt qu'ils passent la limite !
Encor si leurs conseils protégeaient le mérite !
Protégeaient les talens ! protégeaient les vertus !
Qui les protégerait ? on ne les connaît plus.
Aux yeux presque de tous ce sont de vains fantômes
Qui ne trouvent de rangs que parmi les atomes.

Il n'est sur cette terre homme si vertueux,
Qui sans bien n'ait acquis le beau titre de gueux.
Les talens sont fort beaux, mais jamais on n'en mange;
Et le talent sans bien est chose fort étrange;
Il attire l'envie et la haine des sots.
C'est un fat orgueilleux paré de quelques mots,
Sur lequel le savant porte cette sentence :
« Où voulez-vous qu'il ait puisé cette science ? »
Contre lui l'intrigant, en replis captieux,
S'entortille en tout sens pour le rendre odieux;
Et le riche arrogant, d'une ignorance aisée,
Ne parle plus de lui que comme une risée.
Le talent vertueux est toujours en oubli,
Et l'intrigant parvient sans vertus et sans lui.
Mais j'écris pour vous, mère, et vertueuse et sage;
Nous l'avons entrepris, achevons notre ouvrage:
Songeons que le vrai bien, le solide bonheur
Ne se trouve jamais que dans la paix du cœur;
Que le désir s'accroît quand s'accroît la richesse;
Que l'ennui naît toujours du sein de la molesse;
Que les talens enfin et les nobles vertus
Sont pour un sage humain les meilleurs revenus.

Vous goûtez, je le sais, une telle maxime ;
Défendons, il est temps, sa morale sublime.
D'abord par intérêt persuadons l'époux
Qu'il doit pour les talens se ranger avec nous :
(Car, il faut l'avouer, l'intérêt chez la femme
N'est pas autant gravé dans le fond de son âme ;
Dans son cœur fort souvent une autre passion,
Et maîtrise et soumet l'ardente ambition.)
Pour les vertus peut-être en lui montrant leurs charmes,
Les verrons-nous enfin prendre et porter les armes.
Sans chercher dans la fable et dans l'antiquité
Des exemples présens, tirons la Vérité.
Qu'entendez-vous enfin par vrai bien et richesse ?
Qu'appelez-vous de plus véritable noblesse ?
La richesse gît-elle en l'argent et dans l'or ?
Un voleur vous égorge et prend votre trésor.
Gît-elle en mobilier, bétail de toute sorte ?
Le feu prend au logis et la peste l'emporte.
Riches négocians, avez-vous sur les eaux
De la France au Pérou, marchandise et vaisseaux ?
Vous voyez s'élever une horrible tempête,
Vous perdez tout, hélas ! jusques à votre tête ;

Ou,

Ou, si de l'ouragan vous bravez le courroux,
Perdant tous vos vaisseaux de quoi donc vivrez-vous ?
La richesse gît-elle en de grands fonds de terre ?
J'entends déjà siffler les horreurs de la guerre,
La discorde fermente, elle aigrit les partis ;
Il faut, pour vous sauver, laisser votre pays.
Que portez-vous ailleurs ? que misère et détresse.
Vous rampez bassement avec votre noblesse ;
Et s'il faut dans son jour mettre la Vérité,
Votre existence, hélás ! vous vient de charité.
Le parti du plus fort prenant votre fortune,
Vous traînez sur la terre une vie importune.
Vous dites bien encor : ah ! c'était là mon bien !
Que vous en reste-t-il ? le souvenir et rien.
A peine pouvez-vous crier à l'injustice ;
Telle est la loi du sort et telle est sa malice :
La force de tout temps déposa noble et roi,
Et l'univers se tait à l'aspect de sa loi.
En quoi gît donc aussi ce titre de noblesse ?
Est-ce en ce parchemin titré par sa vieillesse
Qui, plus il a vu d'ans, plus il est en honneur ?
De quoi vous servit-il en ces temps de fureur ?

Ce n'est que préjugé : vous le voyez sans doute,
Ou bien à tout jamais, non, vous n'y verrez goutte.
Enfin reconnaissez les seuls et les vrais biens
Que tout homme sensé peut appeler les siens ;
Reconnaissez la vraie et sublime noblesse,
Et source de bonheur et source de richesse,
Que le temps, que la mort ne peuvent affaiblir,
Et dont l'éclat jamais ne se verra ternir.
Les talens sont ces biens, ces vrais trésors du monde,
Qu'en nageant, quoique nud, on sait tirer de l'onde,
Que le feu, le voleur, la peste et tous les vents
Respectent en tous lieux et dans tous les instans,
Servant en tout pays et sur toute la terre,
Contre qui ne peut rien, la discorde et la guerre.
Et pour noblesse aussi connaissez les vertus ;
Qui les connaîtra bien ne les quittera plus.
Sans elles ne voyant que malheur et que vide,
Il les prendra surtout et pour seul et vrai guide ;
Leurs flambeaux immortels brillant devant ses yeux,
Les vices pour toujours lui seront odieux :
Noble, comte, marquis, duc, maréchal, princesse,
Se parant follement d'une sotte noblesse,

Sans vertus se croyant au faîte des grandeurs,
Ne verront sous leurs pas que bassesse et malheurs;
Seront tout à la fois et les plus misérables,
Et les plus avilis et les plus méprisables;
Le remords tôt ou tard s'élevera contre eux,
Pour eux-mêmes alors un objet odieux.
Ils verront qu'un vain nom prix pour si grande chose;
Ne plaît aux yeux communs qu'autant qu'il en impose;
Que la seule vertu peut rendre illustre et grand,
Et de tous les malheurs fait sortir triomphant;
Brave même la mort en gravant dans l'histoire,
De l'homme vertueux les traits et la mémoire.
Que les vils préjugés, père! enfin de ton cœur,
Chassés par la raison y laissent la douceur
Que ressent sans mélange une âme toujours pure;
Sois sensible aux vertus, sensible à la nature.
Il s'agit pour ta fille en ce moment d'un choix
Que l'inclination doit soumettre à ses loix;
Tout son bonheur dépend de cette convenance
Qui doit en cet instant abaisser la balance:
Celle de caractère unie aux sentimens,
Elle unit à jamais les sincères amans,

Et non celle qu'on dit dépendre des richesses,
De rangs, de préjugés, de titres, de noblesses,
Tous ces fatras trompeurs de vaine illussion
Que la raison fait fuir à son premier rayon.
Vénus, sortant du sein de l'océan immense,
Pour seule instruction avait son innocence;
Les filles de Thémis et du grand Jupiter
Lui donnèrent leurs soins au sortir de la mer;
Sous les soins vigilans des douze institutrices,
Des talens vertueux elle apprit les prémices;
Apprit à bien penser, bien voir et bien agir,
A faire d'un époux le bonheur, le plaisir,
A s'occuper des soins et d'épouse et de mère;
Enfin tout en son âme était sage et sincère;
Quand la paix dans le cœur, l'innocence en les yeux,
Elle fit son entrée en le séjour des Dieux.
O dangereux séjour pour la belle innocence!
Dans le palais des Dieux rarement on l'encense;
Mais Vénus, cependant à l'éducation,
Devant, pour les vertus, son inclination,
Triompha quelque temps de ce séjour de vice,
Rappelant les leçons de chaque institutrice;

Peut-être eût triomphé, méprisant pour toujours
Le poison des flatteurs et des viles amours,
Si l'hymen qu'elle fit par fausse convenance,
N'eût conduit en son cœur la fausse jouissance :
Mais le père des Dieux, pour son cher fils Vulcain,
Fit tant qu'il lui fallut enfin donner la main.
« Le fils de Jupiter, unique légitime,
» Vallait bien, » dira-t-on, « la beauté maritime ;
» Et quoique mal tourné, rustique et forgeron,
» N'avait-il pas pour lui l'héritage et le nom ? »
En effet, mais malgré son nom et sa puissance ;
Son hymen fut toujours un tissu de souffrance ;
Bien loin d'être pour lui le comble des faveurs,
Il ne fut pour les deux que comble de malheurs.
Pour calmer son chagrin, pour supporter la vie,
Madame recourut à la galanterie ;
D'abord eut un amant, et puis deux et puis trois,
Changea trois fois par an et bientôt chaque mois,
Et vit avec douceur chaque belle journée
Lui procurer toujours nouvelle destinée :
Même plus d'une fois les heures par plaisir
Satisfirent chacune à son nouveau désir.

Le malheureux Vulcain frémit de jalousie ;
Et s'il eût pu, je crois, eût laissé là la vie.
Héritier malheureux de la Divinité,
Il porte le fardeau de l'immortalité :
Mais madame Vénus, toujours comme Déesse ;
Aux commerces impurs consacre sa tendresse.
Pères ! vous le voyez, si le père des Dieux
Fit en les unissant le malheur de tous deux,
Pouvez-vous vous flatter d'avoir plus de science
Et de connaître à fond la bonne convenance ?
S'il les eût à leur gré laissé faire leur choix,
L'hymen les eût conduits à de plus douces lois.
Votre fille a sucé la vertu, la sagesse
De celle qui toujours combla votre tendresse ;
Laissez-la donc choisir ce tendre et digne époux
Qui doit faire en l'hymen ses plaisirs les plus doux;
Tout son bonheur dépend d'un choix si difficile :
Hélas ! ne rendez pas tant d'espoir inutile !
Muse, je le vois bien, pleine de ton projet ;
Tu ne peux te lasser sur un si beau sujet ;
Heureux si ces beaux feux de ton ardeur extrême
Pouvaient des préjugés confondre le problême,

Et faire préférer à leur mortel poison ;
Les vertus, les talens, l'honneur et la raison !
Mères, si c'est assez, je retourne en arrière
Pour joindre, s'il se peut, le bout de ma carrière

FIN DU CHANT SECOND.

LA VÉRITÉ.

CHANT TROISIÈME.

LA VÉRITÉ.

CHANT TROISIÈME.

Beau Sexe, votre chantre ici parle d'amour ;
Ah ! que ne puis-je aussi le chanter à mon tour !
* Tu fuis saison paisible, âge rempli de charmes,
Où jamais le souci ne fit verser de larmes ;
Mainte contrariété, force livres pédans
Te font passer, je sais, quelques mauvais instans ;
Mais qu'ils sont doux hélas ! ces momens d'innocence
Où les sens sont encore en pleine indifférence !
Tu viens, saison cruelle, où le cruel amour
S'insinue en nos sens et s'accroît chaque jour !
Oh ! véritable amour ! oh ! sentiment sublime !
Pardonne la douleur du transport qui m'anime !
Tu sais, à la raison je vantai tes exploits,
Je voulus accorder votre empire et vos lois ;

* Vers de M. Legouvé.

J'y croyais réussir, oh ! quel bonheur suprême !
Mais je fus dans l'erreur, oh ! quel malheur extrême !
Dès long-tems sur la terre on ne pouvait te voir ;
Insensé que j'étais ! je m'en forgeai l'espoir !
J'avais cherché long-temps pour marcher sur tes traces,
Je crus t'apercevoir sous de feintes grimaces,
Sous de.... mais laissons là le sujet de mes pleurs :
Pourquoi ? toujours pourquoi rappeler nos douleurs ?
Tendre et céleste amour ! noble fils d'Uranie !
En vain à te chercher j'ai consumé ma vie.
Le fourbe sous ton masque assez se montre aux yeux :
Mais, hélas ! je te crois revolé vers les cieux.
Si tu descends parfois tu rends bien misérable !
Malheur à qui te voit sans trouver son semblable !
De Vénus populaire on voit toujours le fils
Assembler l'un et l'autre à leurs vils sens soumis ;
Avec lui l'intérêt, préjugés, vains caprices
Te jouèrent sans cesse un fatras de malices,
Et te firent laisser le terrestre séjour.
Depuis on ne vit plus que le sordide amour :
Tout est vil, tout est faux, quoiqu'encor l'hypocrite
S'efforce, mais en vain, de montrer ton mérite.

Jeunes infortunés qui reçutes des cœurs
Faits pour sentir d'amour les fidèles ardeurs,
Et qu'un miracle encor de la belle nature
A su jusqu'à ce jour préserver de souillure,
Que mon exemple, hélas! vous serve de leçon!
Craignez de succomber sous la faible raison!
D'un désir trop pressé n'enflammez pas vos âmes;
Tremblez, le plus grand mal va vous venir des flammes!
Quelqu'une néanmoins éprise comme vous,
Peut rendre son amant un bienheureux époux.
Mais qu'on fait rarement cette rencontre heureuse!
Faites attention constante et sérieuse.
Tout vous dira d'aimer; mais, hélas! croyez-moi,
De l'amour d'aujourd'hui gardez toujours l'effroi:
Attendez, armez-vous de grande patience,
Et redoutez l'ardeur de votre adolescence.
De la femme long-temps regardez les détours,
Voyez son art trompeur et ses folles amours,
Et surtout gardez-vous de ses adroits caprices;
C'est par là qu'elle fait triompher ses malices.
Elle pourra pour vous se laisser enflammer;
Mais le danger s'accroît, gardez-vous de l'aimer,

Vous dont le cœur n'est fait que pour l'amour solide ;
Ah ! ce serait pour vous un amour homicide !
Vous croiriez parvenir au sommet du bonheur,
Et vous auriez atteint le comble du malheur.
Car un instant après, et peut-être alors même,
Il est quelqu'autre encor que par plaisir elle aime ;
Qui satisfait ses sens, est son meilleur ami,
Qui ne les satisfait devient son ennemi.
Ainsi que peu d'instants règlent votre conduite ;
Vous verrez son ardeur qui passe et qui vous quitte ;
Et, prenant pour mépris votre tranquillité,
Vous la verrez bientôt reprendre sa fierté.
Il en est d'autre genre encor de plusieurs sortes,
Des piéges différens sont tendus à leurs portes.
Il faut sonder long-temps et marcher à tâton,
Toujours en soupçonnant par là quelqu'hameçon.
La lenteur en ce cas est un très-sain remède ;
On n'est jamais trompé pourvu qu'on se possède :
Mais sitôt par malheur qu'on devient amoureux,
On avance à grands pas dans un abîme affreux.
Défiez-vous surtout des vertus apparentes !
Dans l'hypocrite ardeur les femmes sont savantes ;

Et dans cet art trompeur l'emporteront toujours
Sur l'homme quoiqu'il soit très-fertile en détours.
Souvent une étourdie est bien moins corrompue
Que celle qui paraît, une sainte, en la rue;
Un dehors vertueux n'est souvent qu'affecté;
Tant d'affectation cache la fausseté.
Ne vous éprenez pas d'un masque de sagesse
Qui souvent dans ses mains n'est qu'une arme traîtresse;
Evitez seulement d'en venir amoureux.
Voyez tout, pesez tout d'un œil toujours soigneux,
Vous la verrez bientôt tomber en fourberie
Et pourrez prononcer: « ce n'est qu'hypocrisie. »
D'une autre preuve encor vous devez cependant
Avoir l'assertion pour juger sainement:
Car il faut éviter qu'une fausse apparence
Ne vous fasse contre elle affirmer la sentence.
Pesez soigneusement tous les motifs secrets
Qui rendirent ses mots contraires à ses faits;
Voyez si c'est plutôt une erreur indiscrette
Que l'oubli d'un instant de sa trame secrette;
Voyez si le second se rapporte au premier,
Enfin si tout concourt à former un entier.

Si vous trouvez ce tout en diverses parties ;
C'en est fait, arrêtez ; vos preuves sont finies.
Considérez alors toutes ses actions,
Pour soustraire ce tout à vos attentions,
Par différens détours marchant toutes ensemble,
De l'hypocrite horreur elles montrent l'ensemble.
« Qu'il est dur, » direz-vous, « d'ainsi passer son temps !
» Ainsi s'enfuit déjà la fleur de nos beaux ans ;
» Ainsi va s'écouler peut-être notre vie,
» Avant que de trouver la Vérité chérie. »
Hélas ! il est bien vrai : mais ce n'est encor rien
Au prix d'être trompé lorsque l'on aime bien.
Au surplus voulez-vous prendre une route sûre
Tout autant que possible exempte d'imposture ?
Quand dans un âge mûr un désirable hymen
Doit unir tous vos jours de son heureux lien,
Au lieu de s'informer : « quelle est donc cette fille ?
» Est-elle riche, noble et de grande famille ?
» Son père est-il marquis, sont-ils beaucoup d'enfans ?
» Et leur revenu net quel est-il tous les ans ? »
Informez-vous plutôt des vertus de sa mère ;
(Il ne nuit pas aussi de connaître le père.)

Ou plutôt, s'il se peut, sachez ce qu'on en dit;
Sans montrer le projet qui roule en votre esprit;
Bientôt vous apprendrez quelle fut sa conduite,
Si toujours dans l'hymen ses enfans à sa suite,
Faisant de tout son temps toute occupation,
Reçurent de ses mains toute éducation;
Et si, loin de chercher à briller dans le monde;
Elle fit de leurs mœurs une étude profonde,
Afin dans leurs esprits d'inculquer les vertus;
Vrais et solides biens immortels revenus,
Les seuls qui, méritant le vrai nom de richesse;
Sont la seule solide et brillante noblesse.
Ah! contre l'intérêt que n'est il donc des lois;
Surtout lorsqu'il s'agit d'un si dangereux choix!
D'un choix de qui dépend le bonheur de la vie,
De qui dépend les mœurs de toute une patrie.
Comme à Lacédemone, ah! que ne vois-je encor
Une fille sans bien et sans dot et sans or!
Alors de la vertu le seul et vrai mérite
Décidait de l'amant l'amoureuse conduite.
Mais que dis-je! au sommet où sont montés nos maux;
Si d'un code moral les règlemens nouveaux,

Quoique déjà connus des nations anciennes,
A l'immoralité ne mesurent les peines,
Que sont les vains efforts de la faible raison
Contre un si général et si subtil poison ?
O vous qui gouvernez, sachez que la prudence
Vous scèle le devoir de telle prévoyance !
Voyez tous les états petits mais forts en mœurs,
De leurs voisins nombreux s'ériger en vainqueurs.
Les Grecs furent puissans autant qu'ils furent sages ;
La molesse perdit leurs loïs et leurs usages,
Aussitôt replongés dans l'avilissement
Ils sont jusqu'à ce jour encor dans le néant.
Rome, ô Rome, jadis toi qui fus si petite !
Qui t'accrut, t'agrandit? Ta sévère conduite :
Tes mœurs t'ont fait jadis régner sur l'univers,
Tu perdis tes vertus ; ton nom n'est qu'en les airs.
Un élan quelquefois d'une heureuse folie,
Soutient même agrandit le champ de la patrie,
Mais l'on a toujours vu que les momens heureux
Présageaient sûrement des siècles malheureux ;
Et.. pourquoi se mêler des affaires publiques
Quand à peine on connaît les civiles pratiques ?

Dans ma route égaré par un peu trop d'ardeur,
Reprenons, s'il se peut, notre faible labeur,
Et revenons à toi, jeune homme encore sage,
Qui cherches les vertus pour dot en mariage.
Cette mère sublime et rare parmi nous,
Elevant un trésor pour un fidèle époux,
A-t-elle enfin frappé tes yeux et tes oreilles ?
As-tu vu cette fille, une de nos merveilles,
Qui suça les vertus en suçant de son lait,
Que guida sa leçon, qu'un exemple parfait
Forma pour ressentir cet amour véritable,
Sublime sentiment mille fois désirable :
C'est alors que tu peux te dire avoir trouvé
Le bonheur de l'amour chanté par Legouvé ;
Si cet ange de paix, de bonheur et de gloire,
Sensible à tes soupirs t'accorde la victoire,
Dans les bras d'un hymen mille fois glorieux.
Oh ! mortel mille fois et mille fois heureux !
Non, je ne peux, hélas ! t'en décrire les charmes !...
Pourquoi, mes yeux, encor vous inonder de larmes ?
Pourquoi, mon cœur, encor pousser de vains sanglots ?
L'amour n'a donc pour moi préparé que des maux ?

O véritable amour, n'as-tu touché mon âme
Que pour me consumer d'une cruelle flamme ?
Non, il n'est plus pour moi de plaisir, de bonheur,
Sans avoir bien choisi j'abandonnai mon cœur.
Lis encor Legouvé, jeune homme heureux et sage,
Tu verras les douceurs d'un vertueux ménage ;
C'est celui qu'il décrit en vers délicieux,
Pour donner au beau sexe un encens glorieux.
Ou plutôt, secondé de mon expérience,
Recueille tes esprits et toute ta science ;
Et trouvant le bonheur qui ne fut pas pour nous,
Savoure les douceurs d'un bienheureux époux.
J'espère que, goûtant de si doucereux charmes,
A mon sort quelquefois tu donneras des larmes.
Oui, je serais un jour un peu moins malheureux,
Si je pouvais t'aider à devenir heureux.
Cependant cet amour qu'adore le jeune âge,
Ne fera pas trente ans le bonheur du ménage ;
Cet éclair de nos feux, cet élixir des sens
S'évapore, s'abaisse et fuit avec nos ans :
Mais l'estime qui fit son solide principe,
Fait naître une amitié qui de lui participe.

Ce n'est plus cette ardeur et ces bouillans transports
Qui meuvent à l'excès notre âme et ses ressorts ;
C'est une chaleur douce, agréable, attrayante
Qui sans cesse en nos cœurs se nourrit et fermente ;
Ce n'est plus ce torrent roulant du haut des monts
Qui de ses flots bruyans inonde les valons,
Déracine les bois, couvre toute la plaine ;
Mais c'est ce doux ruisseau qui sur la molle arène
Promène en murmurant sa limpide liqueur,
Allaitant de ses eaux la verdure et la fleur.
Ainsi des doux époux la tranquille vieillesse
S'écoule et voit s'enfuir la fougueuse jeunesse,
Savourant à long trait les instans doucereux
Qui font jusqu'au déclin des amans bienheureux :
Leurs enfans sont la fleur que leur sagesse arrose,
Leur vertu, la verdure où la fleur se repose.
Oui, c'est là l'Amitié vraiment sœur de l'Amour :
Où la trouver ailleurs en ce sordide jour ?
Amitié ! doux lien de l'âme vive et pure !
Où courir pour te voir chez l'humaine nature ?
L'intérêt, vil tyran, te chassa de chez nous ;
Tu fuis loin de la terre, évitant son courroux.

On a bien des amis tout autant que l'on donne ;
Mais a-t-on tout donné, qui revoit-on ? Personne.
Pour parler franchement, est-ce là des amis ?
Non certes, c'est plutôt, je crois, des ennemis.
Vous pouvez disposer de leur bien, de leur bourse ;
En avez-vous besoin ? pour vous plus de ressource ;
Ils en sont bien fâchés : « faut-il qu'à cet instant
» On ait pour une affaire épuisé leur argent ! »
Allez une autre fois demander assistance :
Il s'est encor trouvé quelqu'autre circonstance.
« Ma foi, » se dira-t-on, « le voilà coulé bas ;
» S'il vient une autre fois, dis que je n'y suis pas. »
Si l'on vous voit paraître au haut bout de la rue,
Du premier carrefour on va saisir l'issue.
Si quelqu'un par pitié vous fait quelque faveur,
C'est d'un air dédaigneux et d'un ton de hauteur
Qui me ferait cent fois préférer la famine,
A me voir le sujet d'une pareille mine.
En vain, me dira-t-on, le sexe féminin
A pour le malheureux un esprit plus humain.
Comment donc me prouver que ce sexe volage,
Se montre en amitié plus fidèle et plus sage ?

Qui peut être solide en la légèreté ?
Et qui peut être vrai parmi la fausseté ?
Je sais que l'on veut bien paraître vertueuse,
Et couvrir maint défaut de quelque œuvre pieuse ;
Mais homme ou femme enfin infidèle en amour,
Ne peut en amitié mieux payer de retour.
Lafontaine, je sais, chante la Sablière
Comme ayant eu toujours une amitié sincère ;
Elle eut pour lui, je sais, des soins très-complaisans,
Sauva tout soin pénible à ses goûts fainéans ;
Pour moi, j'eus mieux aimé cent fois perdre la tête,
Que de me voir compté pour sa troisième bête.
Oui, jeune homme, crois-moi, ce n'est qu'un tendre hymen
Qui peut unir ton sort d'un si charmant lien ;
L'amitié n'est ailleurs qu'un éclatant mensonge
Que le malheur fait fuir comme le jour un songe.
Si l'intérêt ne lie, il n'est plus d'amitié ;
L'intérêt s'enfuit-il ? on se voit délié.
Pour l'amitié qu'il faut avoir l'âme bien pure !
Il faudrait que le cœur fût exempt de souillure.
Que notre siècle, hélas ! mille fois vicieux,
Est loin, pour l'amitié, des transports amoureux !

Si le lien du sexe enfin n'unit nos âmes ;
Où pourrons-nous trouver d'aussi sublimes flammes ?
Non certes ! sous le ciel il n'est rien de plus doux
Que le sort bienheureux des vertueux époux ;
Tout le monde le sait, personne ne l'ignore :
Pourquoi si rarement en voit-on donc éclore ?
Vertu, belle vertu ! l'on vante tes attraits,
Pourquoi si rarement voit-on donc de tes traits ?
Oui, l'amour véritable, au lieu d'être folie,
Compagnon des vertus, est l'honneur de la vie ;
Et seul de l'amitié dans un paisible hymen,
Nous transmet les douceurs jusques à notre fin.
O véritable amour ! quelle est donc ta puissance ?
Quel est l'attrait puissant de ta divine essence ?
O véritable amour ! oui, tels sont tes bienfaits :
De toi vient nos plaisirs, de toi vient nos succès.
Tu souffle en notre sein une immortelle flamme,
Et, des feux du génie électrisant notre âme,
Fais d'un homme commun un savant précieux,
Et d'un lâche autrefois, un héros glorieux.
Autant l'amour abject avilit notre race,
Abrutit tous les cœurs et rend notre âme basse ;

Autant ton feu divin nous approche des cieux,
Elevant notre esprit jusqu'au séjour des Dieux.
O femmes ! regardez quel est votre avantage ?
Jusqu'où va vous porter l'amour constant et sage,
Si, fuyant les horreurs de cet amour brutal,
Vous ne commandez plus qu'au nom de son rival ?
Un signe vous suffit, commandez pour la gloire,
Votre amant va courir de victoire en victoire ;
Et, volant à l'instant au bout de l'univers,
Va franchir pour vous plaire et terre et ciel et mers ;
Heureux ! si mille maux, vaincus sur son passage,
Peuvent de votre amour lui conquérir le gage.
Du parnasse aimez-vous les illustres essorts ?
Un clin d'œil vers sa cîme anime ses efforts ;
Mais, que dis-je, un clin d'œil ! l'amour en votre absence
Pour briller à vos yeux s'envole et le devance,
En soufflant dans son cœur la gloire des exploits
Qui puissent le montrer digne de votre choix.
Oui, vous serez partout la source du génie,
Et la joie et l'honneur d'une immortelle vie ;
L'univers vous devra le retour des vertus,
Et les vices par vous se verront confondus ;

Par vous votre pays volant vers la victoire ;
Remplira l'univers de son nom de sa gloire ;
Par vous, du chaste amour les autels redressés,
Vous feront oublier l'horreur des temps passés.
Que peut par ses faveurs une coquette infâme ?
Quel est l'infâme objet qui satisfait son âme ?
D'amans la méprisant des fatras avilis,
Autant souvent du corps que de l'âme pourris ;
La servant pour des riens comme de vils esclaves.
Qui, malgré tous ses soins, secouant leurs entraves,
Emportent de son crime un remords dans le cœur,
Et vont même partout dire son déshonneur.
Que sous François premier, temps de chevalerie,
L'honneur sut bien s'unir à la galanterie !
Qu'un amante pour lors avait d'autorité !
Son amant en tout point faisait sa volonté.
Ecoutez ce récit rapporté par Brantome ;
Voyez si cet amour doit mériter la pomme :
« Une jeune personne, ayant, sous l'étendard
» Du véritable amour, un amant babillard,
» Exigea, pour juger du prix de sa constance,
» Qu'il gardât à son gré le plus entier silence.

» Pendant deux ans entiers il le garda si bien,
» Qu'on crut que de la voix il ne lui restait rien,
» Et cela par l'effet de quelque maladie.
» Quel fut l'étonnement en grande compagnie
(Car le mystère alors à l'amour présidant,
On ne connaissait pas la maîtresse et l'amant.)
» La belle dit avoir une science entière
» Pour lui rendre à l'instant sa parole première,
» Et le fit en effet, en lui disant : parlez. »
Belles, avec vos tons en vain vous le voulez !
Même sur vos faveurs tiendra-t-on le silence ?
Non, même sur ce point, en vain votre prudence!
O véritable amour ! quel est donc ton pouvoir !
Amour vil et sordide ! à quoi sert ton vouloir ?
Femmes, connaissez donc que la vertu sincère
Vous donne sur nos cœurs une puissance entière ;
Que la seule vertu, d'un pouvoir souverain,
Fière de vos attraits commande au genre humain;
Que le sceptre est à vous si la vertu vous guide ;
Qu'il vous tombe des mains sous le vice homicide ;
Que le vice, en un mot, pervertissant vos cœurs,
Vous fait un vil esclave avilissant nos mœurs,

Vous fait un instrument de honteuses risées ;
Vous montrant à nos yeux viles et méprisées.
Qu'on ne nous vante pas, croyant vous faire honneur,
Dans les exploits de Mars une femme vainqueur !
La femme que le sang, que la nécessité presse,
Peut s'armer par devoir en dépit de son sexe ;
Mais un casque sied mal sur un front féminin,
Si des décrets du ciel il ne suit le destin.
Oui, j'admire une reine au métier de Bellonne,
Pour protéger son fils, pour soutenir son trône,
Pour calmer la discorde et prévenir ses maux
Qui cueille les lauriers consacrés aux héros.
J'admire cette femme en une république,
Dans la nécessité de la chose publique,
Qui laisse là son sexe et s'envole au combat
Pour sauver sa famille et son sexe et l'état :
Mais je soutiens qu'au sexe une folle vaillance
Ne peut jamais tourner qu'en énorme licence,
Que le sexe en un mot, par des moyens plus doux,
Doit triompher des cœurs et dompter le courroux.
L'Être qui tout créa dans sa haute sagesse,
Donna la force à l'homme, au sexe la faiblesse ;

Pour qu'en société rehaussant leurs pouvoirs,
Chacun sût s'adonner à différens devoirs.
L'homme devant des siens chercher la subsistance,
Avait certes besoin de force et de vaillance
Autant pour les nourrir que pour les protéger;
Mais la femme au-dedans devant les soulager,
Devant donner ses soins à leur faible jeunesse,
Dut recevoir surtout et douceur et tendresse.
L'un chargé du dehors et l'autre du dedans
Sur ses devoirs alors dut régler ses instans.
Ainsi des dons du ciel chacun reçut partage,
Et tout va toujours bien quand il en fait usage;
Mais sitôt que la femme en homme veut agir,
Qu'elle veut en héros au triomphe courir,
Troublant alors du ciel la constante sagesse,
Elle perd ses vertus et montre sa faiblesse.
Mais si ses ennemis attaquent sa maison,
Elle peut, je le crois, alors avec raison,
De son sexe oublier la douceur naturelle,
Et joindre à son époux une ardeur mutuelle;
Même de son époux ayant perdu l'appui,
Elle doit la défendre et la garder sans lui.

Ainsi dans l'assemblage et de sœurs et de frères,
Ayant perdu secours de pères et de mères,
Dans un danger pressant où le trépas commun
Paraît fondre sur eux d'un pas vîte et certain,
Alors avec respect j'admire cette fille
Faisant tous ses efforts pour sauver sa famille ;
Du ciel sans contredit suivant la volonté,
Son nom vole à l'instant à l'immortalité.
Mais dans l'ordre commun de la loi naturelle,
Une femme toujours à la pudeur fidèle,
Doit craindre les effets des éclats dangereux,
Et doit toujours chérir l'ombrage vertueux.
Oh ! que j'aime bien mieux que vos vertueux charmes,
A nos cœurs subjugués fassent rendre les armes !
Oh ! femmes, vous avez un honneur bien plus sûr
En lançant à nos yeux un regard vif et pur !
Votre triomphe est beau, vos victoires sont belles
Si, du constant amour, héroïnes fidèles,
Vous savez exercer un pouvoir souverain
Pour l'honneur des vertus le seul solide bien :
Vous régnez en tous lieux, et la nature entière
Vivant sous votre empire en sera toujours fière.

Telle, en un sol brûlant des chaleurs de l'été,
Une source jaillit dont la fluidité
Divisant les canaux de ses limpides ondes,
Fait fermenter partout les semences fécondes.
Les arbres allaités et nourris par ses eaux,
Portent jusqu'en les cieux l'orgueil de leurs rameaux;
Ces prés couverts de fleurs et d'épaisse verdure,
Doivent leurs ornemens aux soins de l'onde pure;
Les sillons ondoyés de la blonde Cérès,
Reçoivent de ses eaux l'espoir de leurs guérets;
Les vergers embellis des dons brillans de Flore,
Admirant les couleurs dont leur teint se colore,
Respirant les douceurs du suave parfum
Que répandent la rose, et l'œillet et le thym,
Adorent, frémissant, les Naïades sensibles,
Qui leur font savourer des instans si paisibles;
Par leurs soins enchanteurs voyant leurs fruits fleurir,
S'accroître, s'agrandir, colorer et mûrir.
O source bienheureuse! ô fontaine sacrée!
Tu te vois en tous lieux constamment révérée!
Tout adore et bénit ton pouvoir bienheureux,
Tout en est enchanté, tout en est amoureux.

Oh ! conserve toujours ce bienheureux empire
Que la nature entière en bénissant admire !
Que vois-je !... juste ciel !.. de ta nymphe en courroux,
Qui remonte les eaux, je vois le front jaloux,
Morne et silencieux qui se fronce et sillonne !
Il me semble au combat voir s'apprêter Bellonne.
Qu'entends-je ! c'est sa voix, ou plutôt de son cri
Les échos d'alentour ont déjà retenti :
Déjà d'un noir limon, sa noire chevelure,
A souillé tout son corps et sali sa figure ;
Alecton en fureur éteincelle en ses yeux,
Et je l'entends porter ces plaintes vers les cieux :
« D'Océan et Thétis ne suis-je pas la fille ?
» Ne dois-je pas jouir des droits de ma famille ?
» Pourquoi donc, vile esclave, aller donner mes eaux
» A ce frère orgueilleux de porter des vaisseaux ?
» Qui, dans son lit superbe, assis avec molesse,
» De mes sœurs et de moi jouit de la faiblesse,
» S'enrichit de nos biens jusqu'en le sein des mers ;
» Portant ces bâtimens qui remplissent les airs ?
» Hé quoi ! ne puis-je pas aussi pressant mes sources ;
» Agrandir et mon lit, mes eaux et mes ressources !

Ne

» Ne puis-je pas aux mers aussi porter mes eaux,
» Et conduire en leur sein d'innombrables vaisseaux ? »
Elle dit : et soudain de fureur transportée,
Elle frappe les bords de son urne agitée ;
L'onde sort et jaillit, et ses flots écumeux
Bondissent, s'échapant de leurs humides creux.
A cet horrible aspect la terre s'épouvante,
Et tout frémit d'effroi sur la rive tremblante ;
Plus de lit pour les eaux ; le rapide torrent
Sur les bords consternés s'élance en rugissant.
Adieu les prés fleuris! leurs fleurs et leur verdure
Tombent sous le limon que traîne l'onde impure.
Le sillon orgueilleux des présens de Cérès,
Voit céder et traîner l'espoir de ses guérêts ;
Et lui-même entraîné par les efforts de l'onde,
Roule et suit en fureur sa course vagabonde.
Les bois moins consternés, comptant sur leur vigueur,
S'imaginent de l'onde arrêter la fureur :
Mais, espérance vaine ! effort trop inutile !
Rien ne peut résister à cette onde indocile ;
Elle passe à travers leurs nombreux bataillons,
Et court en mugissant inonder les vallons ;

Entraîne le terrain, mutile, déracine;
Et les bois étonnés tremblent pour leur ruine.
O superbes vergers, ornement des hameaux!
Quels ravages cruels font ces cruelles eaux!
Illustres habitans! enfans chéris de Flore!
Vous ne reverez plus les larmes de l'Aurore!
Pour la dernière fois vous vites ce matin
Son char se colorer sur l'orient lointain!
Pour la dernière fois ces larmes de tendresse
Ont su vous rendre encor l'éclat de la jeunesse!
A peine l'anémone ouvre son sein au jour,
Qu'elle voit son éclat se perdre sans retour:
Semblable à la beauté qui dès sa première heure
Voit tomber de ses traits l'agrément qu'elle pleure.
Le rosier mutilé voit la reine des fleurs
Traînée au gré des flots par l'onde en ses fureurs;
Comme elle ses sujets, par la vague homicide,
Sont traînés sur le dos de cette onde rapide;
Le myrthe, le laurier, le muguet, le jasmin,
Sont lancés à leur tour sur le même chemin.
Les sujets de Pommone, aussi mis en déroute,
Suivent encor les flots dans leur rapide route.

Ô séjour, autrefois riant et fortuné,
Tout ton peuple enchanteur est par l'onde entraîné !
Tu n'es plus qu'un marais couvert d'une eau bourbeuse;
Ton sol suit même aussi sa course furieuse.
Pleine d'un fol orgueil, la nymphe à cet instant
Sort, croyant contempler son pouvoir triomphant;
Elle voit à regret sur ses belles campagnes
Entraîner par les eaux la rose et ses compagnes
Elle voit à regret son empire inondé :
Mais tout ceci n'est rien pour un cœur possédé
De cette ambition que l'on appelle Gloire.
Tout est peuple; qu'est-il au prix d'une victoire?
Elle avance soudain, suit le cours de ses eaux,
Croyant trouver creusés quelques grands lits nouveaux
Qui pourront lui donner, en dépit de son frère,
Au moins le nom fameux d'une grande rivière.
Mais, quel est son dépit? mais, quel est son courroux?
Elle va succomber sous ses transports jaloux;
Aucun lit par ses eaux n'est creusé sur sa route,
Ses vagues en courroux sont toutes en déroute,
Et loin de réunir leurs cours impétueux,
Elles vont au hasard, d'un élan furieux,

Se jeter dans les eaux de son tranquille frère
Qui roule encor ces eaux dans sa vaste carrière.
En se voyant ainsi trompée en son espoir,
Elle pense mourir de rage et désespoir.
A sa source aussitôt... mais son urne écrasée
Tire un faible secours de de sa source épuisée;
Cependant on voudrait réparer les malheurs
Que trop d'ambition fit aux champs, prés et fleurs;
On y met tous ses soins, et l'onde coule encore:
Mais, hélas! ce ruisseau n'est plus celui de Flore;
La source en s'agitant fit briser la cloison
Qui de l'eau séparait un amas de poison;
Maintenant s'imprégnant de son effet funeste,
Il ne porte en tout lieu que désordre et que peste.
Son empire jadis si doux, si gracieux,
N'est donc plus aujourd'hui qu'un pouvoir dangereux!

FIN DU TROISIÈME CHANT.

LA VÉRITÉ.

CHANT QUATRIEME.

LA VÉRITÉ.

CHANT QUATRIÈME.

Muse, c'en est assez : pour le sexe et ses charmes
La Vérité me dit de prendre enfin les armes.
C'est elle qui, guidant sans cesse ton ardeur,
Sait chasser loin de toi le hasard imposteur ;
Ou plutôt jusqu'ici par sa valeur guidée,
Sachant fixer la butte à l'arène accordée,
D'un siècle dépravé tu nous traces les mœurs :
Du sexe au naturel chante alors les douceurs ;
Combats les préjugés vils enfans des caprices
Des hommes lui faisant mille et mille injustices.
Dans la fable ou l'histoire il ne faut pas chercher
Des faits pour l'applaudir ou pour lui reprocher ;
Pour et contre la femme et pour et contre l'homme,
On trouvera des faits à Paris comme à Rome ;
Souvent même des faits ignorant les raisons,
Il en est de mauvais qui nous ressemblent bons.

Souvent la noble ardeur de la vertu secrette ;
Passe aux yeux du public pour fausse ou pour suspecte ;
Tous les faits par écrit de nos yeux rapprochés,
Du crayon de l'auteur furent toujours tachés.
Peut-être même encor sa raison fut déçue,
Nous rapportant des faits éloignés de sa vue.
Ce n'est pas que j'attaque ici l'utilité
De transmettre les faits à la postérité ;
Je respecte l'histoire, estime ses usages ;
Mais tout ce qu'elle a dit nous a-t-il rendus sages?
C'est dans le fond du cœur qu'il faut aller chercher
Ce qu'il faut applaudir ou bien se reprocher.
Notre siècle, dit-on, est fertile en grands hommes,
Car leur dictionnaire a redoublé de tomes :
Je n'en suis pas surpris ; ils aveuglent partout.
Qui pourrait à jamais ne faire cas du tout ?
Grandes femmes aussi, faites donc des volumes !
« Hélas ! » me direz-vous, « il nous manque des plumes ;
» Et quand nous en aurions, sur notre autorité
« On ne nous croirait pas jusqu'en l'antiquité.
» L'homme semble en public applaudir notre empire ;
» Mais hélas ! en secret certe il ne fait qu'en rire ;

» Il nous cède le pas, nous dit mille douceurs,
» Ce n'est que pour tâcher d'extorquer nos faveurs.
» En a-t-il savouré ? riant de nos faiblesses,
» L'un à l'autre il s'en va redire ses prouesses.
» Nous ne sommes encore, hélas ! que des enfans,
» Que l'on voit sur nos pas ces héros triomphans
» Employer tout leur art à tromper l'innocence
» Qui nous restait encor de la paisible enfance ;
» Lorsqu'ils ont corrompu, gâté, perdu nos cœurs,
» Ils s'étonnent qu'en nous soient de mauvaises mœurs.
» Je me déciderais, » dit l'homme, « au mariage ;
» Mais, ciel ! est-il bien peu chez nous de fille sage !
» L'homme est-il marié ? bientôt fort las de nous,
» D'une dame voisine, on voit ce cher époux,
» Employer tous ses soins pour faire la conquête ;
» Le voisin à son tour aussi vient à la quête,
» Et le plaisir ainsi tour à tour demandé,
» Est à l'un comme à l'autre à son tour accordé.
» Ah ! qu'il est malheureux, dit, d'une voix plaintive,
» L'homme qui sort des bras de celle qu'il captive,
« De ne pouvoir jamais rencontrer les vertus !
» Hélas ! non, mon ami ; cet heureux temps n'est plus

» Où la femme en l'hymen toujours constante et sage,
» Lui conservait toujours de son honneur le gage.
» Ah ! c'est l'homme pourtant qui toujours nous séduit !
» Pourquoi se plaint-il donc du malheur qu'il produit ?
» Que vient donc nous conter sa belle jalousie !
» Ce mal n'est qu'un effet de sa pure folie.
» De l'hymen un vieux veut recevoir notre main,
» Et nous offre pour charme et son or et son bien ;
» Nos parens à ce prix vendent notre jeunesse :
» Mais croit-il de nos cœurs obtenir la tendresse ?
» De jeunes courtisans à nous viennent s'offrir,
» Faut-il pour ses beaux yeux être morte au plaisir ?
» Quand il fut jeune, hélas ! que faisait-il lui-même ?
» Quand barbon ne peut plus, il veut encor qu'on l'aime,
» Ayant pour tout plaisir l'imagination,
» Il veut encor sur nous faire sensation ;
» Et qu'ainsi, savourant l'amour imaginaire,
» On songe jour et nuit à l'aimer, à lui plaire.
» Leur amour, » disent-ils, « s'attache tout à nous ;
» Mais qui peut s'attacher à de pareils époux ?
» Il faut pourtant céder, ils ont pour eux la force ;
» Cependant nous pouvons les prendre à notre amorce :

» Caressons ces barbons, flattons ces pauvres vieux;
» Ils seront satisfaits, nous pourrons tout sur eux;
» Et sans aucun soupçon, notre tendre jeunesse,
» Sentira d'un amant les feux et la tendresse.
« Qui n'est pas le plus fort doit être le plus fin. »
Hommes, à ce discours que direz-vous enfin?
Le puissant créateur de l'humaine patrie
Fit éclater en tout sa sagesse infinie;
Mais la nature humaine, objet de son ardeur,
Fait distinguer surtout son auguste grandeur:
Dans les sexes encor signalant son adresse,
Il semble avoir prouvé son immense sagesse.
Il voulut que toujours même société
Les mît pour repeupler notre postérité;
Il faut partout un chef, ainsi donc par la force,
Il sut, touchant ce point, éviter le divorce.
La fibre plus serrée en ses muscles plus forts,
Résiste puissamment à de plus longs efforts;
Des poils longs et touffus sur corps, son visage,
De l'homme et de son sexe annoncent l'avantage.
La femme bien plus faible et devant obéir,
Mais devant à son char toujours le retenir,

Reçut du grand auteur et mille et mille charmes,
Afin qu'à ses attraits l'homme rendît les armes.
Dès l'âge le plus tendre admirez des enfans :
Des traits plus délicats, des yeux plus pétillans ;
Une peau bien plus fine et bien plus délicate,
Des sexes font déjà la différence exacte.
Quand arrive une fois l'âge de puberté,
Que de la femme alors augmente la beauté !
C'est alors que Vénus lui prête sa ceinture :
Qui peut sans tressaillir regarder sa figure ?
Voir ce sein virginal en globes s'élever ?
Entendre ce soupir qui le fait soulever ?
Qui voit sans tressaillir ce gracieux sourire
Fait pour faire tomber même la cruelle ire ?
Ces yeux tendres et doux, ces regards pleins de feux,
Cette bouche de rose et ces brillans cheveux,
Ce tendre velouté qui couvre son visage,
Ce coloris vermeil que la pudeur engage ?
De ses charmes surpris et frappé tour à tour,
Qui ne sent en son cœur tous les feux de l'amour ?
Si de traits enchanteurs le ciel para la femme,
Il lui fit encor plus le don d'une belle âme.

Toujours le malheureux excita sa pitié ;
Sa douceur naturelle à la tendre amitié,
Prête une voix plus douce, un charme plus aimable :
Sa main suivant son cœur est toujours secourable.
Ainsi le ciel, d'accord unit son âme et ses sens,
De cet accord naquit l'exquis des sentimens.
« En son âme, en ses sens, tant de délicatesse ;
» Peut-elle des excès lui sauver la faiblesse ? »
Le ciel qui fit tout bien lui donna la pudeur
Pour arrêter des sens la trop fougueuse ardeur.
O pudeur ! ô trésor de la belle nature !
Connaît-elle tes lois ? son âme est toujours pure :
Mais si sans ton secours elle est un seul instant ;
De l'extrême à l'extrême on la voit s'élançant :
Semblable à ce coursier qui s'envole en l'arène,
Echappé de son guide et sans frein et sans rêne.
De la faible raison que peut les faibles lois ?
En vain elle lui crie, elle est sourde à sa voix.
L'homme pour tout guider reçut du chef suprême
De la forte raison la profondeur extrême ;
Son esprit plus profond, ses sens moins délicats
Peuvent des passions éviter les éclats :

En l'honneur des vertus il doit vaincre sans cesse ;
Et doit même du sexe étayer la faiblesse,
Doit commander d'exemple et flatter sa pudeur.
Mais que vois-je en ce siècle ! oh ! comble de l'horreur !
A l'homme est tout permis, et sans être coupable
Il forme, il exécute un projet exécrable !
Injuste préjugé ! fléau du genre humain !
Qui peut à ton crédit avoir prêté la main ?
L'homme, que la raison distingue de la bête,
Peut-il t'avoir forgé dans sa barbare tête !
Homme ! encore un instant, écoute la raison !
Connais d'un tel forfait l'abomination :
Vouloir que le plus faible ait toujours plus de force ;
C'est même du bon sens avoir perdu l'écorce ;
Mais vouloir, encor plus, qu'il résiste à la fois
Aux accens mielleux d'une traîtresse voix
Qui, sous un faux dehors annonçant l'innocence ;
En creuse le tombeau tandis qu'elle l'encense,
C'est mille et mille fois avoir perdu l'esprit ;
La terre s'en étonne et le ciel en gémit.
Quoi ! tu viens d'abuser cette jeune innocente ;
Qui, sans ta perfidie, à la pudeur constante,

Eût toujours des vertus savouré la douceur,
Et tu viens, malheureux, dire d'un bel humeur :
« Ma foi l'homme après tout cherche sa jouissance ;
» Que la femme n'a-t-elle assez de résistance ! «
Quoi ! barbare ! jamais un trop juste remord
Ne viendra t'accabler sous son terrible effort ?
Toi, qui dus protéger, soutenir sa faiblesse,
Tu la fais succomber sous ta noire bassesse :
Encore l'on t'admire, encore on t'applaudit !...
L'innocence est victime, on la blâme, on en rit ;
C'est pour elle à jamais un crime impardonnable,
Des esprits égarés jugement exécrable !
C'est toi, de l'univers méritant le mépris...
Que dis-je ! ces forfaits devraient être punis,
Pour donner aux mortels un éclatant exemple.
Que tout lâche en tremblant et regarde et contemple;
C'est un crime d'état, même d'humanité,
Un infâme attentat à la société.
De l'austère pudeur les bornes sont passées,
D'autres les passeront par ses conseils pressées.
C'est pourtant ta fureur qui produit tant de maux,
Et qui détruit dans peu tous principes moraux.

En effet, pouvais-tu commettre un plus grand crime ?
Tout l'état entraîné t'a suivi dans l'abîme.
En vain nous diras-tu : « c'est un petit malheur,
» Ceci n'empêche pas les vertus et l'honneur. »
Pour moi, je le soutiens, qui trahit sa maîtresse
Ne peut avoir en tout qu'une insigne bassesse ;
C'est perdre en même instant son honneur et sa foi,
C'est violer le droit de la plus sainte loi ;
Et, sans du châtiment la crainte inévitable,
Qui pourrait arrêter ta fureur exécrable !
Ne vaudrait-il pas mieux qu'un poignard dans son sein
Eût été s'enfoncer d'une homicide main ?
Vois-tu ce préjugé, de l'honneur vain fantôme,
Sous le nom de Vertu gissant encor chez l'homme ?
De l'honneur des vertus, ô pouvoir merveilleux !
Dans le comble du vice il faut encore aux yeux
Un masque quel qu'il soit qu'il te montre à la vue,
Sans lui, fille n'est pas dans nos cercles reçue,
Et de l'hymen jamais ne goûte la douceur ;
On la voit éviter et fuir avec horreur.
De cette mort civile alors, dans la débauche,
Ta victime souvent donne à droit comme à gauche ;

A

A cet aspect affreux ne te répens-tu pas ?
Tu surpasse en horreurs les plus grands scélérats.
« Mais quoi! » me diras-tu, « ce n'est que l'évidence
» Qui produit ce grand mal ! sauvons donc l'apparence. »
Monstre ! je te comprends ; exécrable assassin
De l'honneur, des vertus, même du genre humain,
Fallait-il des secrets de l'auguste nature
Endoctriner encor la multitude impure,
Et faire l'instrument de sa destruction
Ce qui seul doit servir sa propagation ?
Mais trêve là dessus, observons le silence ;
C'est une telle horreur qu'à regret on y pense.
Que bien d'autres forfaits demeurent inouis ;
Le trop de vérité n'est pas ici permis.
Plût à Dieu que le ciel eût creusé des abîmes
Pour pouvoir engloutir le dernier de ces crimes
Qui, même en y pensant, font frissonner d'horreur ;
Et sont pourtant parfois le manteau de l'honneur,
De cet honneur, s'entend, gissant dans l'apparence ;
Et dont le ciel parfois fait faillir la science.
Homme ! tu le vois bien, ce sexe n'eût jamais,
Sans ton maudit secours, reconnu ces secrets !

Homme insensé ! dis-moi, laissant là ces ordures,
Sur qui retomberont tes adresses impures ?
Un temps vient qu'il te faut recourir à l'hymen ;
De presque tout mortel ainsi fut le destin ;
De la femme par toi, par tes pareils instruite,
Alors ne crains-tu pas la mauvaise conduite ?
A ce mot, je le sais, ton sourire moqueur,
Me traite d'ignorant, de misérable auteur.
« Hé quoi ! ne savoir pas que la galanterie
» D'une femme, en ce jour, illustre notre vie !
» Sommes-nous donc aux temps où l'honneur compromis
» Imprégnait une tache aux trop faibles maris ? »
Je le sais, chez les grands, aujourd'hui c'est la mode
D'être l'un comme l'autre en l'hymen fort commode ;
Même par ce moyen on s'élève à l'honneur,
Et beaucoup de petits reconnaissent l'erreur ;
Et même, je le crains, sous peu dans tout l'empire,
Du défaut de vertus on ne fera que rire.
Mais il en est encore à qui je peux parler ;
Et même de ces fiers on en voit s'ébranler.
Arrêtez ; quoi ! messieurs, vous, de la jalousie !
« Ce n'est pas qu'en le fait fort peu je m'en soucie,

» Répond l'un, mais au moins je ne voudrais pas voir... »
Ah ! vous avez encore un étrange vouloir ;
Puisque vous le savez, qu'importe à votre vue ?
Vous ne faites que voir une chose bien sue.
Mais laissons ces discours où m'entraînent des yeux
Occupés aux regards du torrent vicieux :
Du sexe contre l'homme ayant pris la défense ;
Je crois qu'on a déjà vu pencher la balance.
Cependant poursuivons : homme, enfin, quand l'hymen
A l'objet de tes soins t'unit d'un doux lien,
Qu'une femme fidèle, aussi douce que sage,
Te prodigue ses soins, de son amour le gage,
Pourquoi cinq à six mois, en te faisant changer,
Ont-ils des yeux pour voir tes faveurs partager ?
Que dis-je partager ! enlever toute entière
Celle qui devrait seule à l'hymen être chère ?
Homme trop insensé ! tu dérobe à l'Hymen
Ce que l'Amour en lui peut rencontrer de bien ;
Cependant tu voudrais qu'une épouse fidèle
Brûlât toujours pour toi d'une amour éternelle ?
Cette énorme injustice à l'immoralité
Joint à son dernier point l'excès de cruauté.

Quoi ! tu prétends sur elle armant ta tyrannie ,
Mépriser ton épouse et l'avoir pour amie !
La force n'a jamais su conserver les cœurs ,
Surtout lorsqu'il s'agit d'amoureuses douceurs.
Mais je me trompe encor , peu t'importe qu'on t'aime ,
Tu ne trouves qu'ailleurs cette faveur extrême ;
Elle n'est qu'une esclave et ne doit qu'obéir ,
Au soin de ta maison mettant tout son plaisir ,
Soignant tout , réglant tout afin que la dépense
Puisse épargner l'argent qui sert à ta démence ;
Car la voisine encor n'a pas seule d'appas :
Infâme ! en quel endroit diriges-tu tes pas ?
C'est une belle à gage , un amour mercenaire
Qui sait à tes désirs tendrement satisfaire.
O comble d'infamie ! ô comble de l'horreur !
Un tel amour peut-il satisfaire ton cœur ?
Amour vil et sordide ! en inclinant sa tête ,
Tu mets l'homme cent fois au-dessous de la bête ;
Et cent fois au-dessous de l'insecte hideux
Qui fait fuir le passant à son aspect affreux.
Homme indigne de l'être , et tyran et barbare !
Des douceurs de l'hymen c'est ce qui te sépare ;

Et tu te plains encor si d'un jeune amoureux
Une épouse parfois favorise les vœux !
Et toi le chef, et toi le père de famille !
Tu dois donc cet exemple à l'épouse, à la fille ?
Ainsi tu satisfais au plus sacré devoir
Que confia le ciel à ton juste pouvoir !
Et tu protége ainsi le sexe et sa faiblesse,
Ne mettant sous ses yeux qu'horreur et que bassesse !
Mais cessons d'y penser ; je ne peux sans frémir
Rappeler dans mon cœur un pareil souvenir.
Tu te plains cependant qu'un jeune téméraire
Ait osé concevoir le désir de lui plaire :
Je conviens que l'hymen devrait être sacré,
De tout être vivant protégé, révéré ;
De principe certain qui fait commettre un crime,
Se plonge dans le fond du criminel abîme :
Mais enfin c'est un homme et qui, tout comme toi,
Ne connaît des vertus, ni le frein ni la loi ;
Qui marche sur tes pas que guide ton exemple,
Et dont le cœur n'a plus que le crime pour temple ;
Qui n'a plus de plaisir qu'au comble des forfaits,
Et qui de crime en crime admire ses succès.

Cette épouse victime et triste, malheureuse,
Resterait malgré tout encore vertueuse,
Si d'un homme avili la trompeuse douceur
D'embûches n'assiégeait son trop facile cœur.
Hommes, allons, parlez, vous dis-je des mensonges ?
Traitez-vous mes discours de contes ou de songes ?
Vous ne le pouvez pas ; l'auguste Vérité
Fait respecter partout son pouvoir indompté.
« Tout ceci n'est pas vrai, dit ce sexagénaire,
» Je n'aime que ma femme et fais tout pour lui plaire :
» Mais, hélas ! cependant un jeune favori
» Savoure la faveur dérobée au mari,
» Et malgré tous mes feux et ma rare constance,
» Je sens un double bois qui sur mon front balance. »
Il te sied encor bien, pauvre vieux radoteur,
De venir d'un jaloux étaler la hauteur !
Avec tes cheveux blancs et ton front large, blême,
Avec ta barbe hâve et ton teint de carême,
Quand une fois usé par mille et mille horreurs,
Tu n'as pu présenter que d'infâmes laideurs ;
Que tout fuyait de toi jusques à la plus laide,
Partisan de l'hymen tu le prends pour remède :

A d'avides parens tu vantes ton trésor,
La beauté dans tes bras est victime de l'or.
Ah! si dans quelque crime il est quelques justices,
C'est payer comme il faut tes importans services!
Tu passas ton bel âge et tous tes jeunes ans
A corrompre en tous lieux ces aimables enfans;
Tu fis pâtir le ciel au regard de tes crimes:
Maintenant tu voudrais de ces vertus sublimes
Sachant garder leur foi pour un époux affreux,
Aussi puant qu'un bouc, plus qu'un singe hideux!
Tous ceux de ton espèce, hélas! sont en délire;
Sans la haine du mal leur sort me ferait rire.
Ils ont de toute part mis la corruption:
C'est le fruit glorieux de tant d'attention.
Heureux encor si seuls ils en portaient la peine,
Goûtant le digne fruit de leur rage inhumaine!
« Mais enfin, » dira-t-on, « jeune et fidèle époux
» Parfois du même sort éprouve le courroux;
» Il est vrai qu'un autre homme excite sa disgrace,
» Qu'en notre siècle il est maint et maint Lovelace;
» Mais la femme souvent écoutant son désir,
» Parle du pied, des mains, de l'œil et d'un soupir,

» Corrompant la premiere un jeune homme qu'elle aime,
» Elle parle parfois et le pousse à l'extrême. »
Que je plains cet époux dont la fidélité
Mérite tous les biens de la félicité !
Son sort est malheureux, sa disgrâce est funeste;
Mais ceci contre nous que prouve-t-il au reste ?
Quand ce sexe corrompt, c'est qu'il fut corrompu;
De l'homme part toujours le défaut de vertu :
Ce sexe tant qu'il est en l'état d'innocence,
Aimât-il à l'excès, conserve la décence.
On me dira peut-être : « il suffit d'un roman
» Pour souffler en son cœur un fougueux ouragan,
» Pour corrompre ses mœurs, pour corrompre son âme,
» Y jettant de l'amour la vicieuse flamme. »
Malheureux ! qui l'a fait ce roman dangereux,
Que l'Etat mille fois eût dû livrer aux feux
Plutôt que de laisser répandre une morale
Nous ouvrant les sentiers du vicieux dédale ?
C'est toi qui le premier, sous des faisceaux de fleurs,
Traças le noir sentier qui conduit aux horreurs,
Assemblant avec art tous ces fatras frivoles
De discours empestés, de funestes paroles.

« Des femmes en ont faits, mais ce n'est qu'après toi ; »
Pour les défendre encor n'avais-tu pas la loi ?
Quand il peut l'empêcher, qui tolère le vice,
Lui-même en est toujours l'auteur et le complice.
Un petit nombre peut n'être pas dangereux ;
Il fallait tout livrer à de sévères yeux
Avant que d'en souffrir la lecture publique,
Et punir gravement toute sourde pratique.
Ainsi, quoiqu'il en soit, il faudra qu'avec moi,
Tu conviennes qu'en tout le mal nous vient de toi.
Change donc de conduite et respecte la femme :
Ce sexe fut créé pour régner sur notre âme.
Respecte les vertus et protége les mœurs ;
Les femmes vont bientôt te combler de douceurs :
Leurs grâces, leur esprit, leurs talens et leurs charmes,
De joie et de plaisir feront couler tes larmes.
Que leur empire est doux quand il est vertueux !
Toute l'amertume vient du torrent vicieux.
Toi seul ouvres son lit, toi seul y mets obstacle ;
Mais si tu ne le fais, bientôt par son débâcle,
Et grands comme petits, sous ses flots irrités,
Dans des gouffres de maux seront précipités.

Heureux ! cent fois heureux ! le couple rare et sage,
Nourrisson des vertus que même amour engage,
Qui, content de son sort, sous les lois de l'hymen
Voit couler de ses ans le bienheureux destin !
Riches et beaux esprits, dans un pompeux langage
Qui du plaisir des sens nous faites l'étalage,
Qui d'un sordide amour peignez les voluptés,
Ah ! que du vrai bonheur vous êtes écartés !
Quel est ce vil plaisir, enfant de l'impudence ?
Il produit mille maux pour une jouissance ;
Les craintes, les soupçons, les remords, les chagrins
Tourmentent mille fois vos esprits incertains ;
Pour mieux dire, en un mot, c'est une frénésie
Qui perd l'âme et le corps et consomme la vie ;
C'est un poison subtil qui se glisse en vos sens,
Et qui vous fait vieillir à la fleur de vos ans,
Plus que tout animal vous rend vils, méprisables,
Et vous traîne à la mort, perclus et misérables.
Voulez-vous du bonheur, chargeant votre pinceau,
De la volupté pure achever le tableau ?
Voyez ce couple heureux que la pudeur colore,
Qui du lit nuptial voit la première aurore :

Sur leurs fronts rayonnans les innocens désirs,
Semblent entrelacés avec les doux plaisirs ;
Leurs regards languissans, tendres, pleins de décence,
Peignent la volupté que ressent l'innocence ;
Un feu chaste et divin s'exhale de leurs yeux,
Leur sourire nous peint le bonheur merveilleux
Que promet la constance et cet amour fidèle
Unissant deux époux d'une flamme éternelle.
De leurs seins haletans les agiles zéphyrs
Respirent la douceur des plus constants soupirs ;
Ni crainte, ni remords dans leur âme paisible
N'obscurcissent l'éclat de leur flamme sensible ;
Ils expriment les feux de leur sincère amour,
Sans d'un œil égaré regarder à l'entour ;
Ils brûlent devant tous de cet amour sublime
Qui rend leurs doux transports à jamais légitime,
L'univers les entend, l'univers applaudit :
Tout leur peint le bonheur, même le leur prédit.
Malheur au cœur pervers et noirci d'infamie,
Insensible aux douceurs d'une si belle vie !
Des vices empestés, le poison dangereux,
S'est glissé pour toujours dans ce cœur malheureux.

De plaisir en plaisir, la suprême innocence,
Du couple fortuné double la jouissance.
D'un regard envieux l'Aurore chaque jour
Les regarde, s'anime et pleure son amour;
Et Phébus, de Thétis laissant l'onde amoureuse,
Jette sur ces mortels une œillade envieuse :
Les Heures tour à tour témoins de leurs plaisirs,
De leurs volages cœurs entendent les soupirs;
Et Phébé d'un regard lancé sur leur demeure,
Appelle Endymion, soupire encore et pleure.
Tous les Dieux sont jaloux de ces heureux mortels
Préférant leurs plaisirs au titre d'immortels.
Mais que sera-ce, hélas! lorsque de l'hyménée
Et du constant amour l'union fortunée,
De leur fidèle image en traçant le portrait,
En leur donnant un fils comblera leur souhait?
Ah! quels heureux transports! quel plaisir d'être père!
Quel délice charmant que celui d'être mère!
Quel comble de douceur pour ces heureux époux,
De se voir l'un et l'autre en des traits aussi doux,
Unis et confondus, et du cœur et de l'âme,
Par l'effet si charmant d'une si belle flamme!

Mais que sera-ce encor quand un si beau tableau
Recevra de la voix un charme tout nouveau ?
Que Papa, que Maman, de sa bouche plaintive,
Ira se faire entendre à l'oreille attentive
Du couple extâsié par l'éclat de ce son,
Leur offrant de leur voix le fidèle unisson ?
Le plaisir double encor, car bientôt une fille
Vient accroître et doubler l'espoir de la famille !
Ah ! que ses yeux sont vifs et ses traits délicats !
On voit déjà l'espoir de ses futurs appas ;
Et déjà la douceur de sa voix gracieuse
Peint du sexe charmant la grâce précieuse.
A l'ombre de plaisirs si doux et si sereins,
Les deux époux charmés coulent d'heureux destins.
Chaque jour, chaque instant, nouvelle jouissance,
Dignes fruits de l'hymen, l'amour et la constance.
De leurs enfans chéris l'esprit prend quelqu'essor,
Et découvre toujours quelque nouveau trésor :
Les parens attentifs mettent tous leurs délices
A doubler le progrès de si belles prémices,
Etendant GRADATIM cet esprit naturel,
Et jetant dans leurs cœurs le principe immortel

Qui, des nobles vertus favorisant l'essence,
Doit un jour honorer leur illustre existence.
De leurs soins attentifs ils savourent les fruits :
Enfin leurs chers enfans dans les vertus nourris
Touchent cet âge heureux où la vertu solide,
Sait ombrager leurs cœurs d'une invincible égide,
Et sait les garantir du poison dangereux
De la hideuse horreur des vices monstrueux.
Jouissant des effets d'une rare constance,
Ils admirent l'éclat de leur adolescence ;
Des hommes vertueux les voyant admirés
Et d'aimables talens richement décorés,
A l'immortalité se frayant une route,
Marchant d'un pas certain, foulant ce qu'il en coûte.
O parens fortunés ! cent et cent fois heureux !
O comble de bonheur d'un lien amoureux !
De quels transports, hélas ! se sent brûler votre âme ?
Votre cœur n'est-il pas embrâsé de sa flamme ?
D'un côté, de ce fils c'est l'auguste valeur
Aux ennemis vaincus imprimant la terreur ;
C'est son bras qui sauva son pays, sa patrie ;
Sans lui, vieillards, enfans tout eût perdu la vie.

De l'autre, de ce fils c'est l'éloquent savoir
Qui sut faire rentrer le peuple en son devoir ;
C'est lui, pour protéger la trop faible innocence,
Qui fit tous les efforts de peine et de science ;
C'est lui dont le génie, en enfantant des lois,
Fit le bien du pays par leur sublime choix ;
C'est lui qui dirigeant ces lois sages et saintes,
Ouït des opprimés les trop craintives plaintes ;
Des méchans effrontés comprime les complots,
Retient, pousse, enhardit et corrige à propos.
Et tantôt des beaux-arts parcourant la carrière,
Et du grand Apollon arborant la banière,
Il joint à ses travaux l'utile à l'élégant,
Attelant les vertus à son char triomphant,
Qu'il guide avec effort, serrant, lâchant la rêne
Jusqu'au bout glorieux de l'inconstante arène.
Il vous voit, il vous parle, il vous serre... « ô mon fils !
» La gloire de l'état, l'appui de ton pays !...
» L'hymen trop fortuné qui donna l'existence,
» Par le concours heureux d'une double constance !...
» O mon fils ! ô l'honneur, l'appui de mes vieux jours !...
» O compagne chérie, objet de mes amours !

» C'est toi de qui je tiens ce bonheur sans exemple !
» Par toi je vois ce fils que l'univers contemple !... »
Ainsi parle ce père en bénissant cent fois
Le jour où de l'hymen il se soumit aux lois ;
Et la mère épanchant l'ardeur de sa tendresse ,
Dans ses bras tient son fils, le caresse, le presse,
Le couvre de baisers , le baigne de ces pleurs
Qui du sein maternel respirent les douceurs.
O couple bienheureux ! l'hymen fait tes délices ;
La fortune pour toi n'eut jamais de caprices :
L'amour et les vertus protègent tous tes ans ,
L'amour et les vertus t'ont donné des enfans.
Ce bel âge n'est plus où la belle jeunesse ,
Sait colorer ton front de la vive allégresse ,
Où l'amour de ses feux rallume les ardeurs :
Mais , hélas ! tes vieux jours sont comblés de douceurs !
L'amour te parle encor , mais d'un autre langage ;
Ainsi coulent tes jours , ô couple vraiment sage !
L'Hymen à tes chers fils vient prêter son flambeau ,
Et tu vois naître encore un petit-fils nouveau.
O quel plaisir pour vous ! quelle heureuse vieillesse !
Vos seins sont embrâsés des feux de la tendresse :

Il

Il vous ressemble encore être à ces premiers ans
Où le ciel favorable accorde des enfans :
De Papa de Maman, les sons si pleins de charmes ;
Touchent encor vos cœurs, vous font verser des larmes.
Tout vous parle tendresse et tout vous parle amour ;
Il semble que l'hymen soit à son premier jour.
Cependant sous le poids du bonheur et de l'âge ;
Vous entendez la voix du ciel qui vous engage
A laisser ce séjour pour un séjour divin ;
Ainsi le veut la loi du suprême destin.
Au milieu du concours d'une famille heureuse ;
A l'amour paternel et constante et pieuse,
Vous bénissez la terre et bénissez le ciel,
Rendant grâce au Très-Haut, Très-Puissant Immortel ;
Et d'un dernier baiser épanchant la tendresse,
Laissant couler encor des larmes d'allégresse,
Du sein de vos chers fils recevant vos adieux ;
Votre âme est envolée au séjour bienheureux.

FIN DU QUATRIÈME ET DERNIER CHANT.

www.ingramcontent.com/pod-product-compliance
Lightning Source LLC
LaVergne TN
LVHW020324230826
846091LV00003B/757

9782019316990